신체 조각 미술관

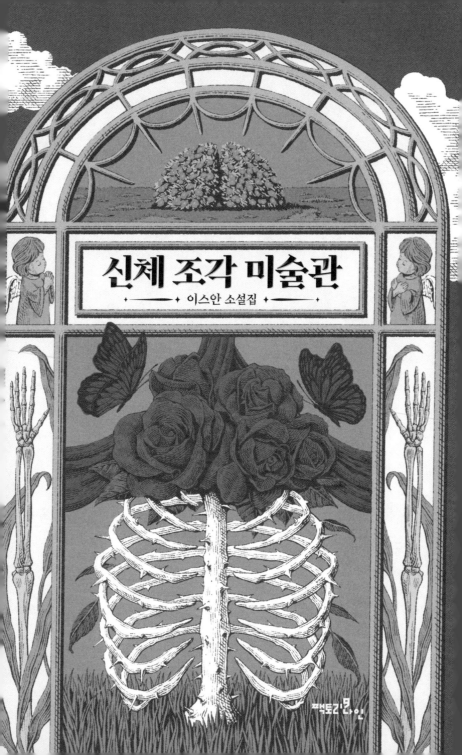

신체 조각 미술관

◆ ─ 이스안 소설집 ◆

팩토리나인

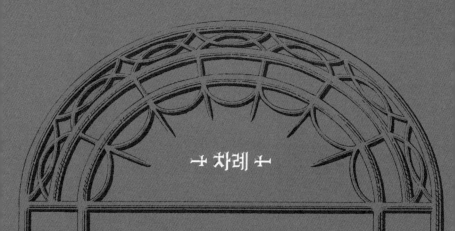

┽ 차례 ┾

신체 조각 미술관

어서 오십시오. □월 □일 오후 □시에 작품 가이드 및 상담 예약하신 ○○○ 님 맞으신가요? 반갑습니다.

오늘은 날씨가 맑고 선선하더군요. 오시는 길은 어렵지 않으셨나요? 이곳에 대해서 이미 어느 정도는 알고 찾아오셨을 거라는 생각이 듭니다. 먼저 제 소개를 드리겠습니다. 저는 이곳 '더 바디 갤러리' 큐레이터 수란이라고 합니다. 대학에서 조각을 전공했고 졸업 후 프랑스로 건너가 미학과 철학에 대해 연구했습니다. 그리고 올해 초, 한국으로 돌아와 갤러리 관장이신 아버지와 함께 이곳을 개설했지요. 갤러리의 작품들은 모두 조각가이신 관장님이 제작하셨습니다. 환갑이 훨씬 넘은 나이에도 여전히 작업에 대한 열정이 들끓으시거든요.

이곳에는 유명한 고전 작품을 오마주한 작품도 있고, 관장님이 구상해 창작하신 작품도 있고, 기증자의 요구 사항에 따라 제작한 작품도 있습니다.

이 계단으로 내려가면 지하에 전시장이 있습니다. 건물 외관이 그리 크지 않아서 기대 못 하셨을 수 있지만, 아래의 지하 공간은 꽤 광활하고 층고도 높답니다. 앞으로도 계속해서 제작될 작품들이 놓일 빈 공간도 있고, 관장님의 작업 공간도 있고, 작품 재료를 보존하는 냉동고가 있는 공간도 있습니다. 작업장과 냉동고는 보안상 공개하지 못하는 점 양해 부탁드립니다.

이제 계단을 따라 천천히 조심해서 내려오시기 바랍니다.

자, 이 커튼을 걷으면 본격적인 갤러리 관람이 시작됩니다. 그전에 작품 제작 과정을 간단히 알려드리겠습니다. 우선 시신을 인도받고 방부 처리를 한 다음 특정 약품을 이용해 시신이 서서히 굳도록 합니다. 피를 빼거나 피부나 근육, 장기를 제거해야 하는 경우에는 추가적인 작업이 요구되지요. 곧 보면 아시겠지만 제거한 신체의 일부도 대부분 작품으로 재탄생시키고 있습니다. 그리고 시신이 다 굳기 전에 절단하거나 고인이 생전에 의뢰한 형태로 자세를 가다듬습니다. 완전히 굳고 난 다음에는 그 위에 장식이나 의상, 또 다른 신체나 오브제를 추가하거나 함께 구성하기도 합니다. 그렇게 작품이 완성되는 것이지요. 숨이 끊어지고 난 후 자신의 신체가 썩거나 재가 되기보다는, 이렇게 예술 작품으로 승화되어 새로운 생명을 얻기를 원하는 사람들이 생각보다 적지 않답니다. 작품이 되기 위해 목숨을 바친 분들도 더러 계시고요.

그리고 지금 전시장에 다소 독특한 냄새가 날 수도 있는데요, 형태 보존에 이용하는 약품 고유의 냄새 때문에 그렇습니다. 공기청정기와 환풍기는 여러 대를 가동하고 있으니 부디 양해를 부탁드리겠습니다.

그럼 지금부터 작품마다 제가 간단히 설명해드리겠습니다.

제일 먼저 보이는 이 작품은 〈사모트라케의 승리의 여신〉이라는 헬레니스틱 시기의 조각을 오마주해 제작했습니다. 눈에 띄는 특징은 머리와 양팔이 없고, 두 날개가 용

맹하게 펼쳐져 있다는 것인데요. 그런데도 입체 조형의 특성을 충분히 발휘하고 있기 때문에 어떤 각도에서 감상하더라도 자태가 늠름하고 씩씩한 여신의 풍채를 느낄 수 있답니다. 원작은 사모트라케 섬 해변의 낭떠러지 위에 놓여 있었다고 전해집니다. 망망대해를 바라보고 있는 이 승리의 여신은 가슴을 활짝 편 채 두 날개를 휘두르고 있지요. 생전에 직접 요청한 대로 작품이 된 고인의 신분에 관한 것은 여성이라는 것 말고는 비공개입니다.

다음 작품으로 넘어가겠습니다. 종교적인 색을 띠고 있는 작품들이 이어질 텐데요. 〈십자가를 짊어진 자〉라는 이 작품은 제목 그대로 십자가를 짊어진 채 걸어가는 듯한 모습입니다. 신체 기증자인 남성은 생전에 매우 독실한 종교인이었다고 합니다. 예수가 십자가에 못 박혀 돌아가신 것이 서른 살쯤이라고 하여 기증자도 서른 살 생일날에 신체를 기증했습니다. 영원히 십자가를 짊어진 신을 따르고 싶다며 이런 형상으로 의뢰를 해왔습니다. 눈을 감은 얼굴에서 괴로움보다는 편안함이 느껴지지요. 보시는 대로 이렇게 가시관과 누더기도 충실히 재현했습니다.

다음으로, 〈피에타〉입니다. 미켈란젤로의 〈피에타〉라

는 석조 작품이 워낙 유명하니 잘 알고 계실 텐데요. 이 작품도 마찬가지로 숨이 끊어진 그리스도가 마리아의 품에 안긴 채 늘어져 있고, 거룩한 얼굴을 한 성모 마리아가 눈을 감고 마치 기도를 드리는 듯한 모습입니다. 신체 기증자는 실제 모자지간입니다. 사연을 말씀드리자면, 마리아의 모습을 하고 있는 고인은 갓 스무 살이 된 젊은 아들을 교통사고로 잃고 그 비통함에 아들의 뒤를 따르기로 했습니다. 그래서 직접 아들의 시신을 이곳에 옮겨 와 작품 제작을 의뢰하며 집 주소와 유서를 함께 남겼습니다. 약속한 날짜에 댁으로 찾아가니 시신이 되어 있어서, 고인의 시신과 미리 인도받은 아들의 시신으로 저희가 이 피에타 상을 제작한 것입니다. 이제 두 사람은 이렇게 하나의 작품이 되어 언제나 함께하고 있습니다. 그것도 이토록 성스럽고 거룩한 신의 모습으로 말입니다.

다음으로, 가부좌를 하고 있는 불상이 보이시지요. 앞서 소개해 드린 작품들이 그리스도교와 관련된 작품들이었다면 이번에는 불교와 관련된 작품입니다. 이 작품이 된 고인은 생전에 불교에 귀의했고, 부처를 본받는 마음이 강해 부처 그 자체의 모습으로 남고 싶다는 의사를 밝혔습니다. 고인은 오랜 투병 생활을 하다 서면으로 제작을 의뢰했고, 숨이 끊어진 직후에 저희 갤러리로 시신이 인도되었습니다. 유언에 따라 시신을 인도해 준 유가족들이 말씀하기를, 고인은 투병하는 동안에는 극심한 고통으로 항상 얼굴이 일그러져 있었는데 사후에는 평안해 보여서 오히려 다행이라고 하더군요. 제가 보아도 이 얼굴은 마치 눈을 감고 득도의 경지에 다다른 부처의 얼굴처럼 보입니다. 그래서 자세를 이렇게 잡고, 온몸에 금박을 바르고, 작고 동그란 소라 모양의 머리카락들을 만들어 붙이고, 이마 한가운데에 백호를 박고, 연꽃 모양의 대좌에 앉히고, 화려한 경배도 제작하여 불상 뒤에 두었습니다. 대학 시절에 불상에 관심이 많아 한동안 연구했는데, 그 시기에 공부해 둔 것이 이 작품을 제작할 때 빛을 발한 것 같습니다. 그렇게 제작한 이 불상의 평온한 얼굴을 보면 제 마음도 평온해지는 기분입니다. 개인적으로 아주 만족스럽게 작업한 작품입니다.

이어서, 수많은 두상이 모여 탑을 이루고 있는 것이 보이실 겁니다. 거의 천장까지 닿을 정도지요. 작품의 제목은 〈탑〉입니다. 두상 중에는 아예 백골이 된 두개골도 있으며 방부 처리를 완전히 하여 전혀 부패하지 않고 생전의 얼굴을 그대로 지닌 두상도 있습니다. 두상, 즉 머리는 인체에서 가장 상징적인 부분입니다. 심장이 중심이라고 보는 사람도 있지만 저는 머리가 사람의 중심이라고 생각합니다. 우리의 머리는 계속해서 더 나은 사람이 되기를 추구하고, 타인을 제치고 제일 꼭대기가 되기를 욕망하고, 하늘로 날아가기를 추구하고, 하늘 위 저 우주가 어떤 곳인지 알아내기 위해 끊임없이 애를 쓰고, 하늘 너머 신을 우러르고, 또 그 신의 존재를 알아내려 합니다. 높은 곳으로 향하려는 인간의 본능을 나타낸 작품이지요.

이어지는 작품은 첼로와 인간의 몸이 혼합된 것인데요. 제목은 〈첼리스트〉입니다. 악기의 몸통에서 윗부분은 사람의 머리가, 양옆에는 두 팔이, 아래에는 두 다리가 이식되어 있습니다. 한 손으로는 첼로의 지판이자 자신의 목을 잡고, 한 손은 활을 잡은 채 연주하는 듯한 모습입니다. 사람의 몸통 부분이 첼로의 몸통이 된 것이지요. 첼로를 연주하는 음악가들을 보면 마치 악기와 한몸이 된 것처럼 보이곤 했습니다. 첼로 또한 그 모양이 사람의 몸통과 비슷하기도 하고요. 고인은 첼리스트였고, 한평생 첼로를 사랑하는 마음으로 살아왔습니다. 그 마음이 커지고 커져, 결국 첼로 그 자체가 되고 싶다는 마음이 강하게 들었다고 합니다. 그리고 본인이 직접 구상해 온 형태로 저희 측에 작업 의뢰를 하셨습니다. 제작을 시작하기 직전에 고인은 갤러리의 작업실에서, 저희가 지켜보는 앞에서 스스로 목숨을 끊었습니다. 저희는 고인의 뜻에 따라 신속히 작업을 진행했고요. 작품 재료에 사후경직이 없어 신선한 상태로 수월하게 작업할 수 있었습니다.

다음으로, 비닐 재질의 텐트로 된 이 돔 형 공간에 함께 들어가 보시겠습니다. 작품의 이름은 〈화원〉으로, 이 텐트 전체가 작품이라고 할 수 있습니다. 텐트 속 동그랗게 설치된 울타리 안에 꽃과 풀이 형형색색으로 아름답게 피어 있는 것이 보이시지요. 흙 속에는 거름이 된 고인의 육신이 고루 묻혀 있습니다. 생전 꽃을 비롯한 식물을 좋아했다던 고인의 뜻에 따라 이렇게 특별히 작은 화원을 가꾸었습니다. 고인이 식물 그 자체가 되어 다시 새 생명을 얻을 수 있도록 한 것입니다. 이 안에는 햇빛 없이도 식물이 잘 자랄 수 있도록 인공 광합성 장치도 마련해 두었고, 거름이 부패하여 악취가 나지 않도록 잘 관리하고 있습니다.

또, 유가족들이 가끔 찾아와 식물을 꺾어 갈 수 있도록 하고 있습니다. 고인은 꽃다발이나 화분 속 식물이 되어 유가족의 곁을 지킬 수 있는 것이지요.

　다음으로 캔버스에 그린 평면 작품을 두 점 감상하시겠습니다. 벽 한 면을 가득 채울 만큼 커다란 이 작품의 제목은 〈하늘과 바다〉입니다. 온통 검붉은 색으로 물들어 있는데, 액체를 흡수하는 천으로 되어 있어 농도가 잘 보이지요. 검붉은 하늘과 바다가 일몰을 연상하게 합니다. 해가 저물어가는 순간처럼 사람의 숨도 꺼져가는 것을 표현한 것입니다. 그러나 다음 날 해가 다시 뜨는 것처럼 이렇게 작품이 되면 다시 새 생명을 얻을 수 있지요. 캔버스에 칠한 물감은 모두 어느 기증자의 혈액이며, 이 작품은 제가 직접 작업했습니다.

　그 옆에는 누군가의 초상화가 걸려 있는 게 보입니다. 한 중년 남성이 정면을 표정 없이 바라보고 있는 모습입니다. 하지만 눈동자는 많은 것을 담고 있는 듯하지요. 슬픔이나 기쁨, 허무, 만족, 자조…. 제목은 〈나라는 기억〉이라고 고인이 생전에 지었습니다. 이 작품 또한 제가 직접 작업했습니다. 시신을 태우고 남은 재를 압축하여 연필심으로 만들어 고인의 초상을 그려냈습니다. 고인은 이렇게 한 폭의 그림 작품이 되는 것이 소원이었다고 합니다.

이제 다시 조각 작품이 이어집니다. 다음으로 〈인간〉이라는 작품을 소개해 드리겠습니다. 여기에 사람 모양의 조각이 서 있습니다. 생김새가 여성인 것도 같고, 남성인 것도 같은 모호한 느낌이 드실 겁니다. 가까이 다가가 자세히 들여다보면, 크기가 각기 다른 수많은 태아의 시신들이 겹치고, 이어지고, 쌓여 있는 것이 보입니다. 손가락 한 마디만 한 태아도 있고, 이미 다 큰 신생아 크기의 태아도 있습니다. 그동안 관장님을 비롯해 저희 가족이 오랜 기간 기증받아 온 태아의 시신을 거두어서 이렇게 하나의 인간을 구현해냈지요. 세상의 빛을 보지 못한 가여운 영혼들을 기리는 마음으로 제작한 작품입니다.

이제 몇 발자국 더 이동해 보시겠습니다. 자, 이쪽입니다. 여기에 오귀스트 로댕의 〈생각하는 사람〉을 오마주한 작품이 있습니다. 이 작품의 제목 역시 〈생각하는 사람〉입니다. 작품이 된 고인은 제 대학원 동기이자 연인이었습니다. 함께 철학을 연구했지요. 우리는 이 세상이 왜 생겨났고, 인간은 왜 생겨났으며, 인간의 삶에는 어떤 의미와 이

유가 있는지, 인간과 동물과 식물이 생명을 갖고 살아가는 이유가 무엇인지, 또 예술의 의미는 무엇인지… 그런 것들에 대해서 언제나 담론하곤 했습니다. 하지만 한 번도 답을 찾을 수는 없었지요. 그러던 어느 날, 제 앞으로 우편이 도착했습니다. 도착한 봉투에는 그의 이름이 적혀 있었고, 안에는 그가 남긴 유서가 있었습니다. 그는 유서에, 삶은 '유'로 가득해 보이지만 실상은 '무'뿐이고 세상 모든 것은 의미가 없으며, 이제 자신은 삶에 대한 의미를 완전히 잃어서 또한 '무'에 속하겠다고 했습니다. 그는 제가 가족들과 갤러리를 준비하는 것을 알고 있었기에, 쓸 데만 있다면 자신의 몸을 작품으로 만들어도 좋다는 내용도 적혀 있었습니다. 자신은 살아서는 의미를 찾을 수 없어 떠나니, 그 몸에 의미를 담는 작업을 연인인 제가 직접 해주었으면 좋겠다면서요. 유서를 다 읽자마자 그의 집으로 달려가 봤지만, 이미 그는 싸늘한 주검이 되어 있었습니다. 저는 그의 몸을 끌어안고 한참을 울부짖었습니다. …아, 죄송합니다. 너무 개인적인 이야기까지 해버렸군요. 아무튼, 이 작품이 이곳에 있는 작품들 중 가장 최근에 완성되었습니다. 불과 어제 완성하여 이 자리에 전시했으니까요.

그 뒤에 배치된 작품 역시 로댕의 〈지옥의 문〉을 오마주한 작품입니다. 제목은 로댕의 작품과는 반대로 〈천국의 문〉입니다. 거의 천장 끝까지 닿는 커다란 문 너머에 수많은 존재들이 아우성치고 있는 듯한 광경이지요. 기증받았으나 상세한 작업 의뢰가 없는 시신이나, 유서조차 없는 무연고자의 시신, 다른 작품을 제작하고 남은 신체의 일부 등으로 문을 구성했습니다. 문 꼭대기 '세 망령'의 자리에는 세 샴쌍둥이의 시신이 놓여 있습니다. 두 몸이 붙은 쌍둥이는 뉴스나 의학박물관에서 어렵지 않게 볼 수 있지만, 세 몸이 붙은 샴쌍둥이는 매우 희귀합니다. 저도 처음에는 믿기 힘들었지만 저 아이들은 한국 땅에서 태어났다고 합니다. 이 작품은 이곳에서 가장 큰 만큼 가장 작업 시간이 오래 걸렸습니다. 저희 세 가족이 갖은 애를 썼고, 특히 관장님이 정말 많이 공을 들였어요. 이 작품을 만드는 도중 폐렴에 걸려 작업 내내 각혈을 했지만 결국 저희는 이렇게 완성해냈습니다. 처음에는 작품 제목을 원작 그대로 〈지옥의 문〉으로 지을까 하다가, 저희 갤러리에서 작품이 된 사람들은 모두 천국에 온 것이나 다름없을 것이라는 제 의견에 따라 〈천국의 문〉으로 명명하게 되었습니다.

다음으로 소개해 드릴 작품입니다. 새 생명을 품은 자신의 배를 애정 어린 얼굴로 내려다보는 여성의 모습이지요. 작품의 제목은 〈잉태〉입니다. 고인은 생전에 아이를 갖는 것이 소원이었으나, 안타깝게도 아이를 갖지 못하는 몸이었다고 합니다. 그런데 복부에 조금 갈라진 틈 사이로 아이의 발이 보이시나요? 아까 보셨던 작품 〈인간〉처럼 이 세상에 태어나 숨도 쉬어보지 못한 사산아의 시신을 기증받아 복부에 이식했습니다. 그리고 고인은… 제 친오빠의 아내입니다. 마음의 병을 오래 앓은 새언니는 결국 재작년에 스스로 목숨을 끊었습니다. 당시 오빠는 아내를 지키지 못했다는 죄책감으로 많이 슬퍼했어요. 아내를 따라가려고 하는 것을 제가 극구 말렸던 기억이 납니다. 오빠는 지금 작품이 되어서는 안 된다고, 앞으로도 계속 만들어야 할 작품이 많지 않느냐고, 오빠의 손으로 새언니에게 새 생명을 주면 되지 않겠느냐고…. 그런 제 말에 오빠는 결국 수긍했습니다. 이후 관장님과 오빠가 함께 이 작품을 제작했지요. 작품을 만드는 내내 저희 오빠는 끊임없이 눈물을 흘렸습니다. 그러나 이 작품이 완성된 후에는 더 이상 눈물을 보이는 일은 없었습니다. 이 작품을 제작하며 배우자를 잃은 아픔을 승화시킬 수 있었던 것 같습니다. 새언니는 아이를 잉태한 몸으로 다시 태어났고 제가 사랑하는 사람도, 저희 어머니도 마찬가지입니다. 모두 이렇게 새 생명을 얻었으니까요. 저희 가족은 더 이상 슬퍼하지 않습니다.

마지막으로 소개해 드릴 작품이 바로 이 작품입니다. 제목은 없습니다. 흰 드레스를 입고 자애로운 표정을 하고 있는 한 여인의 모습인데요. 눈을 감은 채 옅은 미소를 짓고 있는 얼굴이 마치 성모 마리아를 떠올리게 합니다. 이 신체의 주인은 바로 저희 어머니입니다. 덧붙여 말씀드리자면, 생전에 의사였던 어머니는 저를 낳자마자 사망했습니다. 그리고 어머니의 죽음을 도저히 인정할 수 없었던 저희 아버지는 어머니의 시신을 화장하거나 매장하지 않고 직접 박제 처리를 했습니다. 그렇게 몇 날 며칠 박제 처리한 시신만 멍하니 바라보던 아버지는, 문득 정신을 차렸다는 듯 벌떡 일어나 분주히 움직였다는군요. 어머니 집안의 반대로 결혼식도 올리지 못하고 한평생 드레스 한 벌 입히지 못한 것이 한이었는지, 이렇게 드레스를 입혀주었다고 합니다. 어린 시절에 그런 아버지의 모습을 지켜보았던 오빠가 말해주었습니다.

어머니의 시신은 갤러리에 전시되기 전까지 계속 저희 집에 있었답니다. 드레스를 입은 채로, 넓은 거실 한가운데에 말입니다. 어릴 때의 저는 모든 어머니들은 원래 이렇게 딱딱하게 굳어 있는 줄로만 알았습니다. 저는 학교에서 칭찬을 받고 돌아온 날이면 그런 어머니에게 자랑하거나 응석을 부렸습니다. 그러면 어머니는 아무 말씀도 하지 않고 그저 미소를 짓고 있었습니다. 가끔은 그 감은 눈이 살짝 떠지며 어머니가 저를 내려다보기도 했지요. 저는 분명히 어머니와 눈을 마주친 적이 여러 번 있습니다. 저는 어머니가 죽었다고 생각하지 않습니다. 어머니는 이렇게 작품이 되어 영원히 살아 있습니다.

저희 오빠도 의사입니다. 제가 아버지의 직업을, 오빠가 어머니의 직업을 그대로 물려받았지요. 그리고 아버지도, 오빠도, 저도 사랑하는 사람을 잠시 상실했었던 운명마저도 소름이 돋을 만큼 똑같습니다. 오빠는 의사로 일하면서도 아버지에게 박제와 시신 처리 일을 배워왔고, 지금도 그 바쁜 와중에 작품 제작을 돕고 있습니다.

그리고 저도… 언젠가 이곳의 작품이 되겠지요. 이미 제 배 속에는 새 생명이 자리를 잡았습니다. 이 아이가 장차 예술가의 길을 선택할지, 의학의 길을 선택할지 알 수는 없지만 둘 중에 어떤 길을 선택하든 아이는 언젠가 반드시 저를 작품으로 만들어줄 것입니다. 저희 아버지가 숨을 거두는 날이 오면 저와 저희 오빠도 아버지를 작품으로 다시 태어나게 할 거니까요.

…작품 소개는 그만 마치고, 다시 1층으로 올라가시겠습니다.

자리에 앉아계시면 제가 따뜻한 허브티와 서류들을 가지고 오겠습니다. 테이블 위의 도록을 보면서 잠시만 기다려주세요.

➡

자, 이제 마음을 정하셨나요? 작업 의뢰에 필요한 서류들을 가지고 왔습니다. 혹시 작품 의뢰까지는 원하시지 않는다면, 여기에 '박제 작업 의뢰서'도 있습니다. 부모님이

나 배우자, 애인, 반려동물 등 사랑하는 존재가 먼저 떠나도 영원히 지금 모습으로 곁에 둘 수 있습니다. 작품 제작이 아닌 박제 처리만 하면 되기 때문에 비용은 더 저렴합니다. 당사자의 동의는 때에 따라 필요하기도 하고, 그렇지 않기도 하고요.

…아, 의뢰자분께서 직접 작품이 되기로 마음먹으신 거군요. 네, 이곳에서 저희는 의뢰자를 그 어떤 작품보다 더 아름답게 재탄생시켜 드릴 수 있답니다. 그렇다면 요청하신 '신체 기증 서약서' 겸 '작품 제작 의뢰서'를 드리겠습니다.

그럼, 내 신체가 아름다운 작품으로 승화되는 곳, '더 바디 갤러리'에 찾아주시고 의뢰해 주셔서 진심으로 감사드립니다. 아주 탁월한 선택이십니다.

이제, 양식의 빈칸을 하나씩 채워주시면 됩니다.

신 체 기 증 서 약 서

기증자 이름	
성별/나이	
기증자와의 관계	*기증자 본인이 아닐 경우, 기증자의 동의 서명을 반드시 별 도로 첨부하여야 합니다.
기증자 주소	
사망일 또는 사망 예정일	20 년 월 일
시신 인도 예정일	20 년 월 일
기증 사유	
작품 기획 의도	*최대한 자세히 기입해 주십시오. 칸이 부족할 경우 직원에게 추가 용지를 요청하십시오.

20   년   월   일   서명: (인)

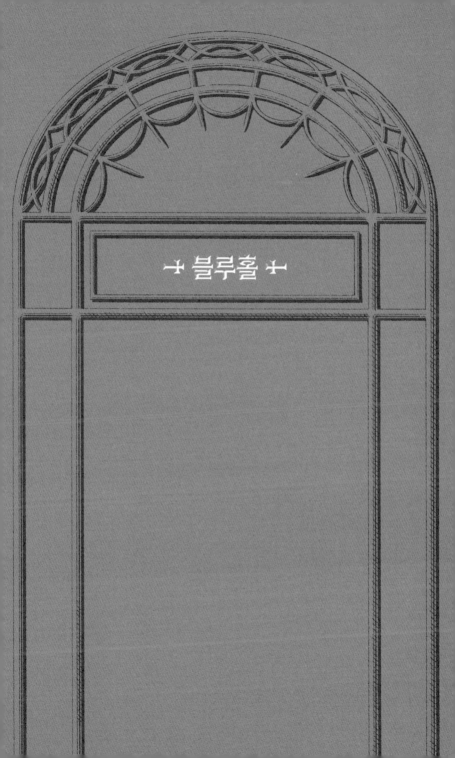

✛ 블루홀 ✛

검고 탁한 공간에서 빛이 거센 물살을 뚫고 한정된 시야를 비추었다. 빛 속에서 물거품과 부유물이 휩쓸리고 아주 간혹 작은 물고기들이 그 사이를 스쳐 지나갈 뿐, 그 너머로는 한 치 앞도 보이지 않고 몸도 의지대로 움직이지 않았다. 앞으로 나아가려 해도 물살은 수많은 인파처럼 나를 자꾸만 옆으로 밀어댔다. 높은 수압 때문에 뇌와 눈이 터질 듯 아팠다.

어느샌가 호루라기 소리가 메아리처럼 희미하게 들려왔다. 그 소리에 머리가 위를 향하게 몸을 돌려 헤엄쳤다. 수면 위로 올라오자, 호루라기 소리는 더욱 크고 선명하게 고막을 할퀴었다. 조금 떨어진 수면 위에서 잠수부들이 나를 향해 이쪽으로 오라며 손짓하고 있었다. 가까이 다가가니 한 잠수부가 물안경을 벗으며 외치듯 말했다.

"오늘 바람이랑 물살이 너무 거세니까 여기까지만 하시죠. 이런 날은 수색하는 사람들도 위험해요."

"…그럼 저 혼자라도 좀 더 해볼게요."

"안 되는 거 아시잖아요. 심정은 알겠는데 이런 상태에서는 진짜 힘들어요."

잠수부의 다그치는 듯한 말투는 대꾸조차 포기하게 만들었다. 나는 말없이 구조선 위로 올라가 털썩 누웠다. 하늘은 온통 구름으로 뒤덮여 칙칙했고, 내 몸 위로 굵은 빗줄기가 떨어지고 있었다. 잠시 후 몸을 일으켜 휴대폰을 보니 부재중 전화가 세 통 남아 있었다. 모두 장인어른이었다. 숨이 콱 막혀왔다.

뭍으로 올라와 잠수부들과 인사를 한 후 나는 해변에 남아 다시 휴대폰을 꺼내 들었다. 지연과 내가 활짝 웃고 있는 배경화면 위에 여전히 남아 있는 부재중 목록 앞에서 손가락을 머뭇거리다, 한숨을 내쉬며 통화 버튼을 눌렀다. 기다리고 있었다는 듯 연결음은 들을 새도 없이 바로 끊겼다.

"예, 아버님."

―아직도 못 찾았나?

분노와 다급함, 그리고 간절함이 담긴 그 낮고 굵은 목소리는 내 가슴을 더 옥죄어왔다.

　"…네. 방금 수색 마쳤는데…. 오늘도…?"

　'어제처럼 바람이랑 물살이 너무 세서 잠수부들이 일단 오늘은 여기까지 하자고 해서요.'라는 쓸데없는 변명은 차마 덧붙일 수 없었다.

　―지연이 못 찾으면 올라올 생각도 하지 마.

　그렇게 통화는 뚝 끊겼다. 나는 그런 그를 얼마든지 이해한다. 나라도 그럴 것이다. 나는 죄인이다. 사랑하는 아내를 지키지 못한, 지연의 부모님이 사랑하는 딸을 잃게 한 죄인.

　숙소 안으로 들어온 나는 수건으로 대충 머리를 말리고 침대 위로 쓰러졌다. 첫날에는 지연과 함께였지만 이제는 이 숙소에 나 혼자 남아 어쩔 수 없이 연장하고 있었다. 머리는 여전히 지끈거렸다. 지연이 실종된 날부터 시작된 두통이 아직도 멎지 않았고, 이른 아침부터 4시간 동안 쉼 없이 물속을 헤집은 탓에 온몸에 에너지가 고갈되었음을 알리는 미세한 전율이 흐르고 있었다. 하지만 잠도 오지 않았다. 이런 상태로 편히 잠들 수 없었다. 눈이나마 감아보려 해도 그럴 때마다 물속에 갇혀 있는 듯한 착각이 들었다. 너무나도 넓은 침대 위에서 지연의 이름을 부르짖었다.

"지연아… 대체 어디 있는 거야…?"

나는 얼굴을 감싸고 흐느끼기 시작했다.

햇살이 눈앞에 보이는 모든 풍경을 노랗게 물들이고, 선선한 바람이 우리의 머리칼을 스쳤다. 나는 지연과 함께 공원을 걷고 있었다.

"날씨 되게 선선하다."

지연의 목소리는 한껏 들떠 있었다. 나는 잡고 있던 지연의 손을 들어 입에 가까이 대고 입김을 불었다. 손이 이상하리만치 차가웠다.

"…어? 원래 저런 게 있었나?"

지연의 시선을 따라가니, 공원 한가운데에 자리 잡은 거대한 호수가 눈에 들어왔다. 전혀 예상하지 못한 위치에 있어 갑작스럽게 느껴졌다.

"오빠. 우리 저쪽으로 가보자."

물을 좋아하는 지연이 내 손을 잡고 호수 쪽으로 이끌

었다. 가까이로 다가가 보니, 아스팔트가 깔린 끝이 안 보이는 넓은 구덩이에 물이 고여 있었다. 깊이를 가늠할 수 없을 정도로 물속이 검었다. 주변에는 펜스도 쳐져 있지 않아 당장이라도 물속에 빠질 것처럼 위험해 보였다. 내 손에서 지연의 손이 스르르 빠져나갔고, 지연은 물에 더 가까이 다가갔다. 그리고 천천히 무릎을 굽혀 물속을 유심히 들여다봤다. 당장이라도 얼굴이 수면에 닿을 것 같다는 생각이 든 순간, 나는 지연을 향해 팔을 뻗으며 소리쳤다.

"안 돼!"

어둑한 천장이 시야를 가득 메웠다. 공간은 이미 어둠에 잠식되어 있었다. 내가 누운 곳이 숙소 침대라는 것을 알아차리기까지는 몇 초의 시간이 필요했다. 꿈속에서 지연은 땅을 밟고 서 있었고, 멀쩡히 살아 있었다. 인정하기 싫어도 인정할 수밖에 없다. 지연이 실종된 지 이미 사흘이 지나서 살아 있을 가능성은 매우 희박했다. 수색대와 구조대를 따라 근처에 있는 모든 크고 작은 섬에 가보았지만 지연은 보이지 않았다. 지상 어딘가에 있기를 바라는 것도 부질없는 소원이었다. 잠이 들 때마다 꾸는 꿈과 현실의 괴리는 나를 비웃고 있었다.

베란다로 나와 칠흑 같은 바다를 바라보았다. 저 아래 어딘가에 지연이 있을 터였다.

바다 같은 걸 사랑하지 말았어야 했다. 프리다이빙 같은 걸 즐기지 말았어야 했다. 아니, 내가 바다를 사랑하지 않았다면 지연을 만나지 못했을 것이다. 그렇다고 하더라도 이번에는 바다에 오지 말았어야 했다. 아니, 와도 물 안에서는 계속 옆에 붙어 있어야 했다. 반지를 찾아다니는 내내 조금이라도 그 곁에서 떨어지지 않았다면….

나는 대학교에 입학하자마자 스킨스쿠버 동아리에 가입했다. 전자공학이라는 전공과는 전혀 무관한, 단지 바다와 여행이 좋다는 이유였다. 동아리 사람들과 스쿠버다이빙을 배우고 즐기는 과정에서 나는 진로를 바꿔야겠다는 생각을 할 정도로 스쿠버다이빙에 빠져들어 갔다. 물속에 있는 동안에는 다른 차원에 와 있는 것 같았고, 그 안에서만큼은 현실의 복잡한 생각은 모두 잊어버릴 수 있었다. 인간이 살 수 없는 미지의 세계를 탐험할 때마다 온몸으로 희열을 느꼈다. 회원들 중 그 누구보다 동아리 활동에 열정적이었던 나는 2학년 때 회장이 되었고, 2학년을 마친 후에는 해군으로 입대했다. 전역 후 복학해서 다시 동아리 활동을 시작했을 때, 지연이 신입생으로 들어왔다. 왜 이 동아리에 들어왔냐는 나의 질문에 지연은 활짝 웃으며 "그냥 바다가 좋아서요!"라고 대답했다. 내가 사랑하는 바다처럼 반짝이던 지연의 미소에 반한 나는 술자리나 동아리 MT에서 그녀를 유별나게 챙기는 것은 물론 바다에 가서도 항상 곁에 붙어서 스쿠버다이빙을 가르쳐주었고, 결국 우리는 그 해 여름부터 연인이 되었다.

대학교를 졸업한 뒤 나는 다이빙 강사 일을 시작했고, 여름에는 지연과 둘이서 바다에 살다시피 하며 프리다이빙을 즐겼다. 바다를 사랑했더니, 바다가 사랑하는 사람을 내게 보내준 것만 같았다. 해가 지날수록 지연에 대한 마음은 커져갔다. 프러포즈를 결심한 건 지연이 졸업한 그 해였다. 지연과 함께 꾸릴 가정을 책임질 생각에 수상인명구조요원 자격증을 어렵사리 따고 나서 드디어 각오를 굳혔다.

프러포즈를 한 날은 하늘에 유독 구름 한 점 없었고, 햇살도 바람도 그저 기분 좋게 따스하기만 했다. 평소처럼 우리가 한창 유영하던 도중, 나는 준비한 연기를 시작했

다. 물속에서 동작을 멈추고 갑자기 숨이 쉬어지지 않는
척, 가슴을 세게 쳤다. 그러자 지연이 당황하며 내 안색을
살피러 가까이 다가왔다. 나는 그런 지연이 볼 수 있게 품
에 넣어둔 작은 현수막을 꺼내 펼쳐 들었다. '♥지연아 나
랑 결혼해 줄래?♥'라고 적힌 현수막은 지금도 우리 두 사
람이 없는 거실 벽에 가만히 걸려 있다. 이어서 나는 몸에
매두었던 파우치에서 반지 상자를 꺼내 지연에게 내밀었
다. 반지를 보고 감격한 듯 울상을 지어 보이던 지연의 얼
굴이 여전히 생생했다. 물속에서 나는 지연의 왼손 네 번
째 손가락에 반지를 끼워주었고, 우리는 손을 잡고 수면
위로 올라왔다. 지연은 여전히 울면서 나를 꼭 안고 있었
다. 바다도, 하늘도, 파도도, 바람도 모두 우리 두 사람을
축하해 주는 것만 같아 벅찬 기쁨을 느꼈다. 그다음 해 봄
에 우리는 결혼식을 올렸고, 결혼 후에도 둘이서 바다와
다이빙장을 누볐다.

　그리고 사흘 전, 지연이 실종된 날은 결혼 1주년 기념일
이었다. 이번에도 우리는 프리다이빙을 즐기기 위해 결혼
전부터 지연이 가보고 싶다고 누차 말했던 바다를 찾았다.
그날은 바람과 해류가 거센 편이었지만 그보다 험한 바다

에서도 다이빙을 해왔기 때문에 딱히 개의치 않았다.

그게 화근이었을까.

유영하는 도중, 지연이 빠르게 헤엄치며 나에게 다가와 자신의 손을 다급하게 가리켰다. 지연은 해수면 위로 올라오자마자 울음을 터뜨리며 말했다.

"오빠, 나 어떻게 해? 물속에서 반지가 빠진 것 같아…."

"입수하기 전에 안 뺀 거야?"

"응. 내가 깜빡했나 봐. 어떡해, 진짜…."

"울지 마. 괜찮아. 1주년 기념으로 더 좋은 거 사줄게."

"아니야. 그거 진짜 내 평생 보물이란 말이야. 어떻게든 찾아야 돼. 우리 다시 들어가서 좀 찾아보면 안 돼?"

"지금 이렇게 물살이 센데 어떻게 찾아."

"오빠, 제발 부탁이야. 조금만 찾아보다가 정 안 보이면 포기할게."

그렇게 우리는 다시 바닷속으로 들어갔다. 서로 멀리 떨어지지 않은 채로 각자 라이트를 켜고 모래 바닥을 할 수 있는 한 샅샅이 뒤졌지만, 반지는 쉽사리 보이지 않았다. 우리는 호흡을 하기 위해 해수면으로 올라왔다. 지연이 여전히 굳은 얼굴로 말했다.

"우리 계속 붙어 있지 말고 좀 떨어져서 찾아보자. 따로 찾는 게 더 빠를 것 같아."

그러기엔 위험하다고 말하려는 순간, 지연은 잽싸게 다시 물속으로 들어갔다. 뒤따라 잠수한 내가 가까이 가려 하자 지연은 단호히 고개를 젓고 다른 쪽을 찾아보라며 손짓했다. 어쩔 수 없이 아까보다 조금은 먼 곳에서 모래 바닥 위주로 반지를 찾아봤지만, 점점 물살이 거세져 앞이 더 흐릿하게 보였다. 이제 정말 물 밖으로 나가자고 수신호를 하려고 하는데, 지연의 모습이 보이지 않았다. 아무리 라이트를 비춰 보아도 주위에는 띄엄띄엄 돋아 있는 검은 바위들만 보일 뿐이었다. 나는 해수면 위로 올라가 호흡을 한 후 다시 아래로 내려왔다. 뇌와 눈과 심장이 터지기 직전까지 숨을 참고 찾아보았지만 지연은 어디에도 보이지 않았다.

방 안에서 진동이 들려왔다. 어머니였다.

─자고 있었어?

"아뇨. 아까 깼어요."

─전화를 걸까 말까 계속 고민하다가 걸었어. 아직…
소식은 없지?

　"네. 날씨가 너무 안 따라주기도 하고… 할 수 있는 한
계속 찾아봐야죠."

　─엄마는 네가 너무 걱정이야. 너까지 위험해질까 봐.
항상 조심해야 돼. 알겠지?

　"…그럴게요."

　─부디 조심해. 너까지 없으면 엄마는 어찌 살겠니?

　"알았어요. 너무 걱정 마세요. 끊을게요."

　종료 버튼을 누른 후, 나는 테라스에 있던 의자에 힘없
이 주저앉았다. 자식 목숨을 걱정하는 어머니의 말이 내게
는 사치이자 부담이었다. 지연에 대한 죄책감만 더 심해져
갔다.

　수상인명구조요원이 되어 내 아내를, 지연을 찾게 될
줄은 꿈에도 몰랐다. 지연이 살아 있기를 바라는 게 허황
된 바람이라는 건 알았지만, 아직 시신을 찾지 못한 상태
에서 지연이 죽었다는 것을 인정하기도 어려웠다. 머리로
는 다 아는 사실인데도 두려웠다. 내가 시신이 된 지연을
목도했을 때 느낄 충격과 고통을 견뎌낼 수 있을까. 날씨

가 궂으면 다이빙을 포기했어야 했고, 물살이 거세면 반지를 찾는 일을 일찌감치 포기했어야 했다. 인명구조사라는 사람이 어쩜 그리도 안일하게, 미련하게 굴었을까. 스스로에 대한 한심함이 치밀어 올랐다. 그러나 그보다 더 바다가 증오스러웠다. 내가 그토록 사랑했던 바다가 지연을 데려가 일부러 숨기고 있는 것만 같았다. 바다에 신이 있다면 당장이라도 목을 졸라 죽여버리고 싶을 만큼 괘씸해 분노를 참기 어려웠다.

다음 날에도 여전히 날씨는 궂고 파도는 거셌다. 하지만 수색은 강행해야 했기에 나와 수색대는 다시 장비를 갖추고 물속으로 들어갔다. 탁한 시야 안에서는 다른 잠수부들과 물고기들이 간혹 보일 뿐이었고, 수많은 바위의 틈을 들여다보아도 지연의 모습은 보이지 않았다.

한참을 찾던 도중, 차갑고 거센 해류가 내 몸을 밀쳐대고 또 감싸는 듯한 느낌이 들었다. 변기 구멍 속으로 빨려 들어가는 벌레처럼, 아무리 버둥거려도 내 몸은 하릴없이 물살에 휩쓸려 가고 있었다. 마치 보이지 않는 거대한 손아귀에 붙잡힌 것처럼, 물살은 어딘가로 계속해서 나를 데려갔다. 나는 그 보이지 않는 힘에 몸을 맡길 수밖에 없었다.

그렇게 얼마나 시간이 흘렀을까. 나를 감싸고 있던 물살의 힘이 점점 약해졌고, 어느새 눈앞에는 태어나서 처음 보는 광경이 펼쳐져 있었다. 모래 바닥 한가운데에 거대하고 어두운 구멍이 있었다. 도저히 그 끝을 가늠할 수 없을 정도로 아득한 그것은 우주의 블랙홀처럼도 보였고, 꿈에서 봤던 공원의 호수 같기도 했다. 또, 입을 쩍 벌리고 먹잇감을 기다리는 거대한 괴물의 입처럼 보이기도 했다. 눈앞에 떡하니 자리 잡은 그것을 내려다보고 있으니 아찔함에 정신을 잃을 것만 같았다. 순간, 그 구멍 속으로 물살이 서서히 빨려 들어가는 느낌이 들기 시작했다. 이대로는 내 몸도 그 안으로 속절없이 들어가서 다시는 빠져나오지 못할 것 같았다. 몸부림을 치며 위로 올라가려 애썼지만, 구멍 깊은 곳에서부터 끌어당기는 듯한 거센 힘에 저항할 도리가 없었다. 결국 내 몸은 점점 그 어둡고 거대한 구멍에 가까워져 갔고, 서서히 시야가 암전됐다. 그러자 사방에서 절규와 신음, 울부짖는 소리가 마구 겹쳐져 점점 크게 들려왔다. 이대로 죽는구나 싶어 몸에 힘이 빠져나갔다.

"오빠."

익숙한 목소리에 눈을 뜨니, 거짓말처럼 나는 우리의 신혼집에 있었다.

"이번 여행도 되게 재밌었다. 그치? 내년 결혼기념일에는 제주도에서 프리다이빙 하자."

눈앞에서 지연이 활짝 웃어 보이며 캐리어에서 짐을 꺼내 정리했다. 지연은 거실 바닥에, 나는 소파에 앉아 있었다. 나는 잽싸게 내려와 지연을 와락 껴안았다.

"뭐야, 갑자기 왜 이래?"

지연의 목소리는 어리둥절해하면서도 싫지 않다는 듯 웃음기를 머금고 있었다. 그토록 듣고 싶었던 목소리, 안고 싶었던 사람. 나는 지연의 몸이 부서질 정도로 강하게 껴안았다.

순간, 사위가 어두워지며 내 품 안에 있던 몸은 물거품이 되어 흩어지고 말았다. 이어서 눈앞에 지연의 부모님이 보였다. 나는 죄인처럼 그들 앞에 무릎을 꿇고 있었다. 곁에 앉은 지연은 그런 나를 안쓰러운 얼굴로 바라보았다.

"나는 물이 싫다. 물에서는 어떤 사고가 불시에 일어날지 모르지 않나. 물에서 일하는 자네도 걱정이 되고, 그런

자네랑 같이 많은 시간을 보내는 우리 지연이도 항상 걱정이야. 자네 동생도 불과 몇 년 전에 물에 빠져 죽었다고 하지 않았나."

결혼 허락을 받기 위해 지연의 집에 찾아간 그날, 장인어른의 얼굴은 매우 완고했다.

다시 장면이 전환됐다. 수화기 너머로 어머니의 울부짖는 소리가 메아리처럼 머릿속을 울렸다. 전화를 끊자마자 병원으로 달려가니, 눈앞에 혼탁한 색으로 퉁퉁 불어서 누구인지 식별하기도 힘들어진 동생이 보였다. 어머니는 금방이라도 혼절할 듯 울며 곁에 엎드려 있었다. 경찰은 동생이 스스로 강에 뛰어든 것 같다고 했고, 나는 동생이 그런 선택을 한 자세한 이유를 알 수 없었다. 그런데도 나는 동생의 죽음이 내 탓이라고 느꼈다. 동생의 장례를 마친 날 밤, 엎드린 채 얼굴을 감싸고 흐느끼는 나를 지연이 온몸으로 감싸며 함께 울어주었다.

한동안 어둠 속에서 울부짖는데 이번엔 눈앞에 젊은 어머니가 보였다. 그 곁에는 초등학생도 되지 않은 어린 내가 있었다. 나는 어머니의 부른 배를 신기한 듯 매만졌다. 배 속에는 아직 태어나지 않은 동생이 있을 터였다.

내가 스무 살이고 동생이 열다섯 살이었을 때, 아버지가 교통사고로 급작스럽게 돌아가시면서 동생은 엇나가기 시작했다. 학업에 집중하지도 않고 심지어 집에도 잘 들어오지 않아서, 혼자 아들 둘을 키우느라 이미 너무나도 힘든 어머니를 더욱 힘들게 했다. 어느 날, 오랜만에 집에 돌아온 동생에게 훈계조로 말을 걸었다가 결국 우리는 두 마리의 투견처럼 맹렬하게 싸웠다. 그날부터 나와 동생은 더 이상 얼굴도 마주치지 않고 대화도 하지 않았다.

남보다 못한 사이로 지낸 지 오래된 어느 날이었다. 지연의 부모님의 반대에도 불구하고 우리는 조심해서 만남을 이어갔는데, 지연을 데려다주다 그만 지연의 아버지와 딱 마주치고 말았다. 하필이면 그날도 다이빙을 다녀온 터라 장비를 가지고 있었는데, 이를 본 그는 분노를 참지 못하겠다는 듯 떨리는 손으로 내 따귀를 올려붙였다. 나는 말 한마디 하지 못한 채 집으로 향했다. 집에 와 보니 현관에 낯선 신발이 보였다. 동생이 찾아온 듯했다. 몇 년 만에 보는 얼굴이었다. 왜 갑자기 집에 불쑥 찾아왔는지 모를 그의 얼굴과 체격은 더 이상 소년의 것이 아니었다. 웬일인지 동생은 우물거리며 나에게 말을 걸려 했지만 그날만큼은 더 쓸 에너지가 남지 않았던 나는 애써 그의 눈을 피했다.

"형…"

"동생한테 인사해야지."

어머니의 말에도 불구하고 나는 고개를 돌려 방 안으로 들어갔다. 동생이고 뭐고 누군가와 얼굴을 마주치고 싶지 않았고, 이제 와서 동생과 대화의 물꼬를 트고 싶지도 않았다. 동생은 집에 왔다 간 지 사흘 후, 스스로 강에 몸을 내던졌다.

다시 내 눈앞에는 많이 변해버린 모습의 동생이 미동도 없이 누워 있었다. 나는 그 모습을 가만히 내려다보았다. 내 안에서는 밖으로 들리지 않는 절규가 터져 나오고 있었다.

순간, 동생이 그 자리에서 벌떡 일어났다. 그리고 내가 스무 살이고 동생이 열다섯이던 그때, 우리가 함께 싸웠던 그 순간의 그 모습으로 돌아와 살기 어린 얼굴로 나와 맞붙어 싸우기 시작했다. 그러나 그런 모습도 곧 물거품이 되어 사라졌다. 곧 머리 위로 큰 파동이 느껴져 올려다보니 거센 물보라와 함께 강에 몸을 내던진 동생이 보였다. 동생을 살리기 위해 위로 올라가려는데 이번엔 뒤에서 동생의 목소리가 들렸다.

"형."

나는 뒤돌아 동생을 마주보았다.

"형 탓이 아니야."

그가 표정 없는 얼굴로 나에게 말했다.

"…형이 너한테 정말 잘못했다."

"…아니야. 형 탓이 아니야."

"이제 그만 화해하자, 우리."

그렇게 말하며 손을 내밀자, 동생은 다시 물거품이 되어 흩어졌다.

이어서 내 눈앞에 흰 드레스를 입은 지연이 보였다. 진심 어린 설득 끝에, 결국 지연의 부모님으로부터 결혼 승낙을 받아냈다. 결혼식 내내 눈부시게 아름다웠던 지연의 모습과, 굳은 표정으로 일관하던 지연의 아버지의 모습이 내내 겹쳤다. 이내 그조차도 흐려지더니 어머니의 울부짖는 얼굴이 보였다. 어머니는 울음으로 범벅된 얼굴로 내 바짓가랑이를 붙잡은 채 나를 올려다보며 말했다.

"엄마는 너까지 없으면 더 이상 살 수 없어. 살아갈 이유가 없어."

그러고는 내가 지연을 처음 본 순간으로 돌아가 있었다. 대학교 스쿠버다이빙 동아리에서 회장이었던 나, 그리고 네 학년 후배로 들어온 지연. 지연은 신입생 사이에서 유독 눈에 띄었다. 사람들이 함께 모이는 술자리에서 항상 잘 웃고 활발한 그녀의 모습을, 나는 좋아하고 있었다.

이윽고 주변 사람들은 거품이 되어 흩어지고, 술자리에 지연만 남았다. 지연이 천진한 얼굴로 나에게 무언가 말하려고 입을 열자, 입 안에서 작은 물고기 한 마리가 튀어나왔다.

다시 사람들의 절규와 비명이 들려왔다. 어떤 목소리는 울부짖었고, 또 어떤 목소리는 고통에 신음했다. 덩달아 괴롭고 슬픈 마음이 들어 손으로 아려오는 가슴을 문질렀다. 이번에는 몇 달 전 물속에서 수색 작업을 하며 마주쳤던 얼굴들이 보였다. 눈도 감지 못한 채 하얗게 불어버린 얼굴로 나를 기다리고 있던 그 아이, 그 젊은 여자, 그 중년의 남자…. 세 사람 위로 각각 흰 천이 드리워지기 시작하더니, 곧 불이 붙었다. 얼마 후 그들은 검은 재가 되어 물살 속에서 흩어졌다.

여기는 지옥인가? 아니면 나는 지옥에 떨어지고 있는

중인가?

그런 생각을 하는데 누군가가 내 발목을 당겼다. 그 손은 한 명의 것이 아니었다. 나는 손아귀들을 뿌리치며 위로 올라가려고 애썼지만, 몸이 물살에 휩쓸려 쉽지 않았다. 결국 나는 또다시 미지의 힘에 이끌려 어디론가 흘러갔다. 그러는 동안 상어가 지나가고, 물고기 떼도 지나갔다. 나는 상어를 피해 방향을 틀어 헤엄쳤다. 안간힘을 쓰며 몸을 이끌자, 암초와 해초가 모이고 얽힌 곳이 있었다. 이어서 익숙한 목소리가 희미하게 들려왔다.

"오빠. 나 여기 있어"

"지연아!"

"오빠. 나 여기 있어"

나는 귀를 기울이며 지연의 목소리가 들려오는 곳을 파악하려 했다.

"오빠."

"지연아! 어디에 있어?"

"나 여기 있어."

어둡고 뿌연 시야를 헤치며 소리가 들린 곳으로 계속 향하니, 검은 암초들 속에서 유달리 천천히 흔들거리는 검은 무언가가 보였다. 나는 온 힘을 다해 헤엄치며 그곳으로 가까이 다가갔다. 그럴수록 나는 그것이 지연이라는 확신이 들었다. 물살을 헤쳐 나갈수록 암초 사이 좁은 틈에 끼어 있는 모습이 점점 뚜렷해졌다. 안면부는 이미 물고기에게 먹혔는지 군데군데 뼈가 드러나 있었고, 손도 마찬가지였다. 나는 틈에서 지연의 몸을 빼내려고 애썼다. 그러던 도중 아래쪽 암초에서 무언가 반짝이는 것이 보였다. 자세히 보니 지연이 그토록 찾던, 내가 프러포즈를 하며 지연의 손에 끼워주었던 반지였다. 지연이 어쩌다 이런 상태가 되었는지는 당장 알 수 없었다. 내 손길에 곧 지연은 틈에서 빠져나왔고, 나는 싸늘한 그 몸을 안았다. 군데군데 남은 지연의 머리칼이 내 얼굴을 부드럽게 휘감았다.

나는 물 밖으로 빠져나가는 것을 포기했다. 지연의 죽음을 인정할 수밖에 없는 이 순간, 내가 살아서 나가는 게 무슨 의미가 있나 싶었다. 지연을 안은 내 몸은 힘이 빠진 채 서서히 아래로 향하기 시작했다.

그때, 우리 둘의 발아래에 아까 그 거대한 구멍이 보였다. 해류를 타고 멀리 온 줄 알았는데 왜 아직도 이렇게 가까이에 있는 것일까. 가만히 바라보자 다시 나를 부르는 수많은 이의 비명이 들려왔고 구멍 깊은 곳에서부터 시작된 물살이 우리를 빨아들이려 하고 있었다. 나 또한 이대로 구멍 안에 들어가야 할 것 같은 기분이 들어, 지연의 시신을 안은 채로 눈을 감고 물살에 몸을 맡겼다. 그렇게 나와 지연의 몸은 점차 그 어둠 속으로 내려갔다.

순간, 내 몸을 붙잡는 손길이 느껴졌다. 놀라서 눈을 뜨니 품 안에서 나를 올려다보는 지연이 보였다. 지연의 얼굴은 생전 모습으로 돌아와 있었다.

"제발 들어가지 마. 부탁이야."

잠시 지연의 얼굴을 멍하니 보던 나는 그녀의 표정과 목소리에 정신을 되찾았다. 몸에 힘을 주고 위를 향해 세차게 움직였다. 하지만 지연은 내 움직임과는 반대로 서서히 구멍 안으로 내려가고 있었다. 여전히 애처로운 얼굴로 나를 올려다보고 있는 지연을 붙잡기 위해 다시 아래로 내려가려 했지만, 내 몸을 감싼 물살은 이제 위를 향하고 있었다. 나는 검은 구멍 속으로 점점 사라져 가는 지연을 내려다볼 수밖에 없었다. 그리고 내 품에는 여전히 지연의 시신이 안겨 있었다.

물 밖으로 고개를 내밀자 공기가 폐 안으로 불쑥 들어

왔다. 그동안 참았던 숨을 힘껏 들이쉬고 내쉬며 사방을 둘러보았다. 저 멀리 잠수부들이 올라타고 있는 주황색 구명보트가 보였다. 나는 목에 걸려 있는 다이빙 휘슬을 있는 힘껏 불었다. 날카로운 소리에 그들이 이쪽을 본 것 같았다. 나는 지연을 안은 채 계속해서 세차게 다이빙 휘슬을 불었다. 그 소리가 꼭 나의 절규처럼 들렸다.

✟ 푸른 인어 ✟

옛날, 아주 먼 옛날 보랏빛 바다가 있었습니다.

꿈에서나 볼 법한 영롱한 그 바다는 달빛을 받으면 물
낯이 보랏빛과 은빛이 섞인 색으로 반짝이는데, 그토록 아
름다운 광경은 그곳에서밖에 볼 수 없었습니다. 한번 가면
두 번 다시 원래의 푸른 바다를 보러 돌아오지 않을 만큼
대단히 아름다우며, 동시에 아주 위험한 곳이라고도 했습
니다. 사실, 돌아오지 않는 게 아니라 돌아오지 못하는 것
이 아니냐는 말이 있었기 때문입니다.

　갓 스물이 된 젊은 어부는 보랏빛 바다가 무척 궁금했습니다. 왜 푸르러야 할 바다가 보랏빛이며, 얼마나 아름다운지, 또 얼마나 위험한지 알고 싶었습니다. 어쩌면 너무 아름다워서 혹은 물고기가 잘 잡혀서 다른 어부들이 보랏빛 바다를 독차지하기 위해 일부러 위험하다는 소문을 퍼뜨린 게 아닐까 하는 의심도 있었습니다.

　그는 보랏빛 바다를 직접 보고 돌아와 다른 나이 많은 어부들에게 자랑하는 자신을 상상했습니다. 매번 어리다고 무시만 받았는데, 다른 사람들이 경험하지 못한 곳을 정복하고 오면 진정한 어부, 진정한 남자로 봐줄 것 같았습니다. 결국 젊은 어부는 보랏빛 바다를 직접 찾아 나섰습니다. 어리석게도 제 몸처럼 여기는 작은 어선 한 척과 약간의 식량만 가지고 말입니다.

보랏빛 바다로 가는 항해는 결코 쉽지 않았습니다. 큰 태풍을 만나 배가 뒤집어질 뻔하기도 했고, 심해에나 산다는 기괴하게 생긴 거대한 물고기를 피해 달아나야 할 때도 있었습니다. 어두운 밤이 되고, 달빛에만 의지해 나아가던 젊은 어부는 자신의 무모한 선택을 후회했습니다. 끝이 없는 새까만 바다에 홀로 떠 있다는 공포와 외로움에 흐느끼던 그는 울다 지쳐 잠이 들었습니다.

눈꺼풀을 뚫고 비추는 강한 햇살에 젊은 어부는 눈을 떴습니다. 그러자 거짓말처럼 눈앞에 수일간 그토록 찾아 헤맸던 보랏빛 바다가 펼쳐져 있었습니다. 보랏빛 해수면은 햇빛을 받아 반짝였습니다. 신선한 조개에서 막 꺼낸 수많은 진주들이 은은하게 빛나는 듯한 광경이었습니다. 그 아름다움에 넋이 나간 그는 가만히, 하염없이 바다만 바라보았습니다.

그러다 아주 찰나의 순간, 해수면 위로 물고기의 꼬리가 흔들리는 모습이 젊은 어부의 눈에 들어왔습니다. 꼬리의 크기를 보아 물고기의 몸집이 사람만 할 것 같았습니다. 그는 습관처럼 바늘에 미끼를 끼워 낚싯대를 힘껏 휘둘렀습니다. 잠시 후, 낚싯대가 팽팽하게 당겨지기 시작했습니다. 정신을 꼭 붙잡고 있지 않았다면 물속으로 풍덩 빠질 만큼 강한 힘이었습니다.

낚싯줄을 힘겹게 당기니, 놀랍게도 그 끝에는 사람의 머리가 걸린 듯 보였습니다. 그 얼굴은 사람의 낯빛이 아닌 푸른색이었고, 그 은빛 머리칼은 햇살을 받으며 눈이 부실 만큼 반짝반짝 빛나고 있었습니다.

그런데 낚싯바늘 때문인지 푸른 얼굴은 멀리서 보아도 고통스러워 보였습니다. 젊은 어부는 당황함 반, 호기심

반으로 낚싯줄을 더 당겨보았습니다. 그러자 하늘빛의 비늘로 뒤덮인 푸른 얼굴의 하체가 수면 위로 드러났습니다. 그 몸을 훑던 어부가 고개를 들었을 때, 잔뜩 찡그린 푸른 얼굴과 눈이 마주쳤습니다. 그제야 깜짝 놀란 그는 배 바닥에 엉덩방아를 찧으며 낚싯대도 놓치고 말았습니다. 그 새 푸른 인어는 물속으로 사라져 보이지 않았습니다.

젊은 어부는 한동안 멍하니 보랏빛 바다를 바라보았습니다. 그리고 계속 푸른 인어를 떠올렸습니다. 가까이에서 본 인어는 피부가 푸른색이었지만 이제껏 그가 만난 어떤 인간보다도 아름다웠습니다.

젊은 어부는 보랏빛 바다 위에서 그 푸른 인어가 나타날 때까지 며칠이고 기다렸지만 인어는 모습을 드러내지 않았습니다. 오직 인어 생각에 갇힌 채 넋이 나가 있던 젊

은 어부가 문득 정신을 차리자, 어느새 그의 배는 푸른 바다로 흘러와 있었습니다. 먹을 것도 다 떨어져 굶어 죽을 공포에 휩싸였을 무렵, 저 멀리서 커다란 배 한 척이 희미하게 보였습니다. 그는 필사적으로 소리를 지르고 옷을 흔들어 구조 요청 신호를 보냈습니다.

젊은 어부는 다행히도 육지로 무사히 돌아왔지만, 여전히 그의 머릿속은 온통 푸른 인어뿐이었습니다. 고통스러워하는 창백한 얼굴, 반짝이는 은빛 머리칼과 하늘빛 비늘. 그는 인어의 모습을 잊을 수 없어 밤마다 감당할 수 없는 욕구를 홀로 삭혀야 했습니다.

결국 젊은 어부는 죽을 고비를 넘겼던 것도 까맣게 잊고, 다시 푸른 인어를 보겠다는 마음 하나로 배를 띄웠습니다. 이번에도 태풍을 만났고, 태풍이 잦아든 후에야 그

는 보랏빛 물낯 위로 올라온 푸른 얼굴과 다시 마주할 수 있었습니다.

젊은 어부가 손을 내밀자, 푸른 인어도 조심스럽게 배 쪽으로 다가왔습니다. 인어의 표정을 살피던 그는 왜인지 인어도 자신을 기다려왔다는 느낌이 들었습니다. 젊은 어부는 그 푸른 손을 잡아 배 위로 이끌어주었습니다. 그토록 그리던 푸른 인어를 이렇게 다시 만나고, 직접 만질 수 있다는 사실에 가슴이 터질 것 같았습니다.

그는 제 눈앞에 있는 푸른 인어의 얼굴을 넋 놓고 바라보았습니다. 에메랄드빛 눈동자, 푸르지만 고운 피부, 짙은 남색의 입술, 얇게 쪼개어진 보석 파편이 빼곡이 수놓아진 것 같은 은빛 머리칼. 순간, 젊은 어부는 푸른 인어의 아름다운 신체 일부를 가지고 가야겠다는 생각을 했습니

다. 자신이 갖고 싶다는 탐욕스러운 마음과, 이를 증거로 다른 어부들의 부러움을 살 수 있겠다는 오만 때문이었습니다.

젊은 어부는 곁에 있던 칼을 집어 들고 푸른 인어의 왼손목을 향해 힘껏 내리쳤습니다. 순식간에 일어난 일에 인어는 비명도 지르지 못하고, 아픔에 온몸을 팔딱거리다 바다로 떨어졌습니다. 손가락 사이사이에 물갈퀴가 달리고 새파란 피가 뚝뚝 떨어지는 손목을 든 채, 그는 배 아래를 내려다보았지만 이미 인어의 모습은 보이지 않았습니다.

젊은 어부는 배의 방향을 돌려 마을로 향했습니다. 이번엔 헤매지 않고 돌아갈 수 있었습니다. 마을로 돌아온 그는 사람들에게 잘린 푸른 손을 보여주며 보랏빛 바다에 푸른 인어가 살고 있다고 말했지만 아무도 그의 말을 믿지

않았습니다. 관심을 끌기 위해 시체나 원숭이의 손을 잘라 색을 칠한 것 아니냐며 비아냥대기도 했습니다. 상심한 그는 집으로 돌아와 잘린 손을 빈 어항에 넣고 물을 채웠습니다.

그날 밤, 잠든 젊은 어부의 귀에 유리를 두드리는 소리가 들렸습니다. 눈을 떠 보니 잘린 손이 어항에서 헤엄치듯 손가락 마디마디를 현란하고 유연하게 움직이고 있었습니다. 홀린 듯 그 움직임을 바라보던 그는 날이 밝자마자 어항을 들고 나가 마을 사람들에게 보여주었습니다. 하지만 거짓말처럼 손은 조금도 움직이지 않았습니다.

또다시 거짓말쟁이가 되어버린 젊은 어부는 분한 마음에 잔뜩 화가 나 집으로 향했습니다. 그때, 골목 한구석에 앉은 노인과 눈이 마주쳤습니다. 그 노인은 앞을 볼 수 없

었지만 왠지 '두 눈이 마주쳤다'는 느낌이 들었습니다. 눈 먼 노인은 젊은 어부가 자신을 보고 있다는 것을 아는 듯, 앞으로 다시는 바다에 가면 안 된다며 잔뜩 쉰 목소리로 말했습니다. 보랏빛 바다는 물론 푸른 바다에 발이라도 담그면, 빼앗아 온 것보다 훨씬 더 많은 걸 내주어야 할 거라고도 경고했습니다. 그러나 물고기를 잡아야 먹고사는 젊은 어부는 그 말을 귀담아듣지 않았습니다.

다음 날도, 젊은 어부는 물고기를 잡으러 바다로 나갔습니다. 그런데 자꾸만 무언가가 자신의 배를 뒤따라오는 것 같은 불길한 느낌이 들었고, 언뜻 푸른 꼬리를 본 것도 같았습니다. 오늘 몫의 물고기를 아직 충분히 잡지 못했지만, 불안한 마음에 일찍 귀가하려던 그는 깜짝 놀랐습니다. 어느새 그의 배가 보랏빛 바다 근처에 와 있었기 때문입니다.

젊은 어부가 뱃머리의 방향을 돌리려 일어서자, 수면 아래서 무언가가 튀어 올라와 재빠르게 그를 낚아챘습니다. 순식간에 일어난 일이었습니다. 보랏빛 바다에 빠진 젊은 어부는 물속에서 허우적거리며 낯익은 형체를 보았습니다. 바다를 투과한 햇빛을 반사시키는 은빛 머리칼, 하늘빛 비늘이 빼곡하게 박혀 아름답게 반짝이는 물고기의 하체. 그는 자신을 낚아챈 것이 푸른 인어라는 것을 알았습니다.

그제야 눈 먼 노인의 경고가 떠오른 그는 다시 배 위로 올라가려 했지만, 어느새 그의 주변엔 다른 인어들이 모여들어 길을 찾을 수 없었습니다. 모여든 인어들은 보랏빛 바다처럼 살결이 진주 가루를 뿌린 듯 영롱한 보라색이었습니다. 그 속에서 젊은 어부를 낚아챈 인어만이 유일하게 푸른빛이었습니다. 두려움에 방황하는 그의 시선 끝에, 자

신이 잘라낸 왼쪽 손목에서 짧게나마 새로 돋아난 손가락과 물갈퀴가 보였습니다.

그 기이한 형상이 제게로 다가온다는 생각을 하자마자, 왼손에 강렬한 통증이 느껴졌습니다. 젊은 어부의 손을 물어뜯은 푸른 인어가 입을 쩍 벌려 보이자, 그 안에는 그에게서 떨어져 나간 손가락들과, 아귀보다 더 날카로운 이가 빼곡하게 박혀 있었습니다. 그는 고통과 공포에 몸부림치며 비명을 질렀지만 입속에선 공기 거품만 터져 나왔습니다.

푸른 인어는 날카로운 이로 젊은 어부의 몸 여기저기를 게걸스럽게 뜯어 먹었습니다. 그가 끔찍한 통증에 몸부림치자, 주변으로 자신의 살점과 뼈가 흩날리고 붉은 피가 번져 나가는 게 보였습니다. 다른 인어들은 그 모습을 가

만히 지켜보고 있었습니다.

이제 몸부림칠 힘도 남지 않은 그의 흐려져 가는 시야
에는, 자신의 몸을 열심히 뜯어 먹는 푸른 인어의 피부 색
이 변해가는 것이 보였습니다. 입 주변, 얼굴, 어깨, 가슴,
팔, 그리고 비늘과 꼬리 순으로 푸르던 몸은 서서히 보랏
빛으로 물들어갔습니다. 어설프게 자랐던 왼손도 어느덧
손가락과 물갈퀴가 길쭉하게 자라 원래의 모습을 갖추었
습니다. 다른 인어들은 조금 떨어져 둥글게 그들을 둘러싸
고, 경건한 얼굴로 그 광경을 지켜보았습니다.

젊은 어부의 몸이 뼈만 남을 때까지.

✛ 어떤 부부 ✛

연애 시절의 미연은 사랑스러운 사람이었다.

서른 살에 지인의 소개로 만난 우리는 첫 만남 이후 얼마 지나지 않아 연인이 되었다. 첫눈에 반했다며 적극적으로 다가와 준 미연 덕분이었다. 미연은 자신의 감정에 매우 솔직한 편이어서 나를 좋아하는 마음도 꾸밈없이 있는 그대로 다 내보였다. 오롯한 애정을 쏟아내는 상대를 싫어할 수 있는 사람이 얼마나 될까. 나 역시 그런 미연을 보며 점점 마음이 깊어졌다.

몇 차례 만남이 반복되다 보니 알게 되었는데, 미연은 감정에 솔직한 것뿐 아니라 감정 기복이 꽤 있는 편이었다. 작은 것을 주어도 아이처럼 기뻐했고, 속상한 일이 생기면 서럽게 울었다. 그러다가도 내가 안아서 달래주면 곧 괜찮다는 듯 방긋 웃어주어서 그런 모습이 아이처럼 순수해 보였다. 동갑이지만 나와 달리 세상의 때가 묻지 않은 것 같은 미연을 좋아했기에 언제까지고 곁에서 그런 순수함을 지켜주고 싶었다.

하지만 그녀에게도 아픔이 있었다. 어린 시절부터 서른이 된 지금까지도 미연은 아버지의 폭력에 시달리고 있었다. 나와 데이트를 하고 집에 늦게 귀가했다는 이유로 아버지에게 뺨을 맞고 발로 밟혔다고 퉁퉁 부은 얼굴로 울며 안겨오던 날엔 화를 참기 어려웠다. 미연의 어머니도 딸이 맞는 상황을 바라만 볼 뿐 별다른 행동을 못 한다고 했다. 미연은 아버지와 연을 끊으려 마음먹고 난 후, 결혼을 서두르길 원했다. 나 역시 이를 두고 볼 생각은 없었으므로 서둘러 청혼했고, 우리는 만난 지 7개월 만에 사람들의 축복을 받으며 결혼식을 올렸다.

미연은 나에게 의지하는 모습이 사랑스러운 사람이자, 가끔은 나도 의지할 수 있는 안식처였다. 나에게도 이런 반려자가 생겼다는 게 자랑스럽고 행복했다. 결혼이 더 이상 누구나 다 할 수 있는 게 아닌, 경제력도 받쳐줘야 할 수 있는 특권이 된 요즘 시대에 나도 특권층 사람이 된 것 같아 목에 힘이 들어가기도 했다. 그리고 무엇보다 사랑하는 소중한 내 사람과 함께 살며 행복한 가정을 꾸릴 수 있다는 사실이 행복했다.

그러나 그 후, 미연과 나는 서서히 미쳐갔다. 이제 우리는 돌이킬 수 없는 관계가 되고 말았다.

결혼하고 3개월 정도가 지났을 때, 우리 두 사람에게 소중한 생명이 찾아왔다. 그것도 하나가 아닌 쌍둥이였다. 아이를 원했던 나에게는 더할 나위 없이 기쁜 일이었다. 임신을 알게 된 미연은 실감이 나지 않는 듯 얼떨떨해했다. 내 제안으로 미연은 다니던 직장을 그만두고 집에서 안정을 취하기로 했다.

미연의 행동이 조금씩 변해간다고 느꼈던 사건이 일어난 것은 임신 초기 때였다. 회사에서 한창 일을 하고 있던 낮 시간에 미연에게서 전화가 걸려왔다.

"자기, 나 요즘 밥을 계속 못 먹어서 몸에 힘도 없고 지금 열나는 것 같아…. 너무 힘들고 아파."

"많이 아파? 응급실 가야 될 정도야?"

"아니…. 병원까지는 안 가도 될 것 같은데 몸살 난 것처럼 몸이 너무 무겁네…. 아프다고 반차 내고 지금 집으로 와주면 안 될까?"

"오늘 퇴근 전까지 처리해야 하는 일이 있어서 도저히 당장 나갈 수 있는 상황이 아니야. 미연아, 조금만 참아. 퇴근하고 바로 갈게. 장모님은 못 오신대?"

"나는 자기가 필요한데 우리 엄마를 왜 찾아."

"아무튼 지금 당장은 갈 수가 없…"

"나 임신했잖아. 다른 사람 애도 아니고 자기 애 가졌잖아. 이렇게 아픈데 내버려 둘 거야?"

미연의 성화에 결국 그날은 몸이 갑자기 좋지 않다고 상사에게 말하고, 퇴근 시간보다 몇 시간 일찍 나와 집으로 향했다. 집으로 돌아온 나를 본 미연은 침대 위에 누운 채 활짝 웃는 얼굴로 말했다.

"역시 자기 얼굴 보니까 싹 낫는 느낌이야."

나는 미연의 이마에 손을 올려보고는 말했다.

"열이 살짝 있네. 이제는 약도 아무거나 먹으면 안 되고…"

"나 안아줘. 자기가 안아주면 싹 나을 것 같아."

나를 향해 양팔을 뻗는 미연을 마주 안아주며 타이르듯

말했다.

"정말 위급한 일 아니면 앞으로는 나 다시 이렇게 반차 못 내. 다음엔 119에 전화해서 응급실 가거나 장모님께 연락드려서 꼭 병원 가."

"나 진짜로 아까 많이 아팠는데…. 내가 정말로 아파서 죽어도 이런 모진 말 할 거야?"

"여보가 왜 죽어. 안 죽어. 그런 쓸데없는 말 하지 마."

그날 나는 아픈 미연을 위해 죽을 끓여주었다. 미연이 죽을 다 먹고 나서 우리는 침대에 나란히 누워 낮잠을 청했다.

"자기, 사랑해. 오늘 이렇게 달려와 줘서 고마워."

미연이 내 턱을 쓰다듬으며 속삭였다.

"나도 사랑해. 아프지 마."

그때 나는 미연으로부터 넘치는 사랑을 받고 있다고 느꼈다. 동시에 앞으로도 미연이 이런 행동을 반복한다면 감당하기 힘들겠다는 생각도 들었다.

그리고 얼마 후의 일이었다. 퇴근하고 집에서 배달 음식을 주문해 먹은 다음 미연과 티브이를 보는데, 나에게 전화가 걸려 왔다. 확인해 보니 직장 후배인 세희였다. 웬만하면 퇴근 후 회사 일로 연락이 오는 경우가 잘 없었기에 의아한 마음으로 전화를 받았다.

"여보세요."

"선배님, 너무 죄송한데 프로그램 보안 키를 적어 둔 메모가 안 보여서 급하게 전화드렸어요. 잠깐 통화 괜찮으세요?"

"응. 괜찮아. 아직도 퇴근 안 했나 보네. 지금 필요한 게 어떤 키야?"

그때, 소파에서 내 무릎을 베고 누워 있던 미연이 상체를 일으키고는 전화를 받는 나를 뚫어지게 바라보았다. 눈빛에 의심과 경멸이 들어차 있었다. 나는 전화 너머로 목소리가 들리지 않도록 미연에게 입 모양으로 '회사, 회사' 하며 양해를 구했다. 그리고 계속 통화하며 방으로 들어가 가방에서 노트북을 꺼내 전원을 켰다.

통화를 끝내고 다시 소파로 돌아오자 미연이 물었다.

"…회사 사람이야? 여자 목소린데?"

"응. 급하게 뭐 좀 물어볼 게 있다고 해서 알려줬어."

"평소에도 둘이 이렇게 연락 자주 주고받고 그래?"

"그럴 리가 있나. 이건 회사 일이잖아."

"그 여잔 뭔데 이 저녁에 가정 있는 남자한테 전화를 걸고 앉았어?"

"아니, 회사 용건이라니까. 지금 걔가 야근 중인데 급하게 보안 키 좀 알려달라고 해서 알려준 거야."

"그렇게 중요한 거면 본인이 알아서 잘 간수해야지, 왜 이 시간에 전화해서 임신한 사람 예민하게 만드냐고."

"미연아. 그럼 내가 바깥에서 아무하고도 얘기하지 말고 일도 하지 말고 집에만 있을까? 돈도 벌지 말고? 왜 이런 쓸데없는 데 신경을 써?"

"몰라. 다 신경 쓰이고 요즘 좀 예민해지는 것 같아. 나는 자기가 일적으로도 다른 여자랑 연락 안 했으면 좋겠지만… 일이니깐 그래, 뭐 어쩔 수 없지."

"네가 하는 걱정 모두 정말 쓸데없는 걱정이니까 제발 아기들 생각해서라도 편하게 있어. 예전에는 안 그랬잖아."

"그냥… 퇴근하고 나서는 자기가 회사 일에 신경 안 썼으면 좋겠다고."

"알았어. 앞으로는 퇴근하면 회사랑은 딱 끊어버릴게. 상사 전화도 안 받을게."

"응. 되도록 그렇게 해줘."

"거참…. 아무튼 걱정 마. 좋은 생각만 해."

미연은 다시 내 무릎을 베고 누웠고, 나도 티브이 화면에 시선을 고정했다. 별생각 없이 화면을 보는데, 훌쩍거리는 소리가 들리기 시작했다. 고개를 내려 보니 얼굴이 빨갛게 달아오른 미연이 눈물을 흘리는 것이 보였다.

"여보, 왜 울어!"

나는 미연을 일으켰다.

"몰라…. 별것도 아닌 걸로 왜 이렇게 속상하고 서러운지 모르겠어…."

"뭐 이런 걸로 울고 그래. 내가 다 잘못했어. 퇴근하고 회사 일로 전화 받는 게 아닌데. 속상하게 해서 미안해."

"난 진짜 자기밖에 없어서 그래…. 집에 계속 혼자 있고, 임신해서 그런지 기분은 엄청 왔다 갔다 하고. 자꾸 예민해져서 쓸데없는 걱정만 하게 되고…."

나는 흐느끼는 미연을 안으며 말했다.

"나도 미연이 너밖에 없어. 너 없으면 안 돼."

"…자기한테 그 말 들으니까 좀 기분이 나아졌어."

미연은 눈물로 범벅이 된 얼굴로 나를 향해 활짝 웃어

보였다.

　평소처럼 출근하던 아침, 지하 주차장으로 가는 길에 있는 분리수거장에서 책 여러 권이 노끈에 묶여 있는 것이 눈에 띄었다. 무슨 책인가 싶어 가까이 가서 살펴보니, '만화 그리스신화'였다. 나온 지 20년은 됐겠지만 구겨진 부분이나 오염도 없어 이대로 버려지기에는 아까워 보였다. 그리고 문득 미연이 했던 말이 떠올랐다.

　"내 하루 일과는 자기 기다리면서 티브이 보거나 유튜브 보면서 멍 때리는 거야. 그리고 자기 퇴근하고 돌아오면 자기랑 같이 붙어 있는 게 내 유일한 낙이야."

　나는 그 책들을 미연에게 가져다주기로 했다. 버리는 거라지만 괜히 눈치가 보여 주변에 아무도 없는 것을 확인한 후 책 꾸러미를 집어 들고 우리 집이 있는 4층까지 계단으로 올라갔다. 다시 집에 들어가 미연이 누워 있는 안방에 책을 내려놓았다.

　"이 책들 뭐야? 어디서 났어? 회사는?"

　"차 타러 가는 길에 지하에서 주운 건데, 상태 괜찮더라고. 맨날 전자기기만 들여다보지 말고 책도 좀 보고 그래."

"이거 어릴 때 읽었는데! 되게 오랜만에 본다. 그런데 주워올 때 누가 안 봤어?"

"응. 아무도 안 봤어. 물티슈로 좀 닦아서 읽어. 아무튼 밥 잘 챙겨 먹고 푹 쉬고 있어. 나 다녀올게."

"고마워, 자기. 늦지 말고 빨리 와야 돼."

그날 이후로 한동안은 퇴근하고 돌아올 때마다 미연이 안방 침대 위에서 열심히 그 책들을 읽는 모습이 보였다. 휴대폰으로 항상 의미 없는 영상들만 들여다보다가, 만화책이긴 해도 독서하는 모습을 보니 훨씬 보기에도 좋았고 태교도 될 것 같았다.

퇴근하고 돌아온 나는 외투를 행거에 걸며 말했다.

"그 책들 갖다줬더니 되게 열심히 읽네."

"응. 오랜만에 읽으니까 되게 재밌다. 어릴 때 생각도 나고. 그런데 제우스 얘는 신 맞아? 되게 바람도 많이 피우고 다니고 왜 이렇게 성욕을 해결 못 해서 난리야. 이런 게 신이야? 지금 보니까 신 같지 않은 것들을 신이라고 했네."

"그러게. 생각해 보면 상습 강간범이나 다름없지. 신화라는 것도 어차피 다 사람들이 만든 이야기잖아."

"근데 이게 어린애들이 볼 만한 건지 잘 모르겠어. 불륜 얘기도 되게 많고, 근친상간에, 잔인한 얘기도 엄청 많네. 딱히 잘못한 것도 없는데 가혹한 형벌을 받기도 하고 말이야."

"크게 잘못한 게 없어도 재수 없이 나쁜 일 생기고 그러는 게 인생이지, 뭐. 당신 아직 밥 안 먹었지?"

"응. 책 보느라 점심도 제대로 못 먹었네. 우리 저녁은 뭐 먹지?"

"뭐 시켜 먹을까?"

"응. 지금 애들이 보쌈 엄청 땡긴다고 그러는데?"

"하하. 얼른 시킬게."

얼마 후, 고등학생 때부터 친하게 지내던 친구가 결혼식을 올리게 되었다. 나는 다른 몇몇 친구들과 함께 신랑이 된 친구를 위해 깜짝 축가와 꽃을 건네주는 이벤트를 계획했다. 신부의 친구들도 함께하는 편이 모양새가 더 좋을 것 같아 결혼식이 시작되기 전에 미리 제안했고, 이 일로 앞쪽에 앉아 있던 한 여자와 내가 대화를 나눌 일이 있었다. 식장에 함께 간 미연이 옆에서 그 모습을 다 지켜보았다는 것은 알고 있었다.

그리고 몇 주 후, 신혼여행을 다녀온 친구와 당시에 함께 이벤트를 했던 친구들이 모여 술자리를 가졌다. 다른 친구들이 담배를 피우러 나간 사이, 결혼한 친구와 나만 단둘이 자리에 남았다. 친구는 잠시 뜸을 들이는 것 같더니, 소주 한 잔을 들이켠 다음 넌지시 입을 열었다.

"있잖아. 이런 얘기 해도 될지 모르겠는데…. 결혼식 날에 우리 와이프 친구가 조금 기분 상할 일이 있었다고 하더라고."

"응? 무슨 일이었는데?"

"…이거 얘기해도 미연 씨한테 가서 뭐라고 하지 마라."

"미연이랑 관련된 일이야? 뭔데? 말해봐."

"그날 와이프 친구한테 미연 씨가 가서 뭐라고 했나 봐."

"뭐? 무슨 일로? 뭐라고 했는데?"

"우리 남편 가정 있는 남자니까 꼬리 치지 말라고 하더래."

"뭐…?"

"친구분이 그 말 듣고 너무 기분이 안 좋아서 우리 와이프한테 좀 불평을 한 모양이야."

"…"

"원래 말 안 하려고 했는데 나도 술김이라 그런지 막 나와버리네. 그분도 미연 씨나 너한테 사과를 받고 싶은 건 아닌 것 같아서 대충 그런 일이 있었다는 것 정도만 말하고 싶었어. 그러니까 미연 씨한테 가서 다그치거나 해서 일 키우지 말고."

"야, 진짜…. 진심으로 미안하다. 내가 와이프 대신 사과할게. 아무래도 직접 사과하는 게 좋을 것 같은데 제수 씨랑 한번 통화하게 해줄 수 있어?"

"됐어. 그 마음으로 충분해. 나도 이런 얘기 꺼내는 게 아닌데, 내 입도 참 방정맞다."

친구의 이야기가 충격적이기도 하고 민망하기도 해서 가슴 깊은 곳에서부터 입술 밖으로 한숨이 폭포수처럼 쏟아져 나왔다. 나는 그동안 참아왔던 말을 친구 앞에 쏟아냈다.

"실은 미연이가 요즘 좀 많이 불안정해. 나 없으면 아무것도 못 하는 어린애가 되어버린 느낌이야. 지난번에는 회사에서 일하고 있는데 몸 안 좋다고 당장 집으로 와달라고 엄청 떼쓰길래 상사 눈치 보면서 바로 달려간 적도 있고, 퇴근하고 나서 여직원한테 전화가 걸려 와서 받았더니 그거 가지고 펑펑 운 적도 있어. 나 잘 때 걔가 내 휴대폰 몰래 보는 건 이제 예삿일이고. 연애할 때는 어린애 같은 모습이 마냥 순수해 보이고 귀여웠는데, 결혼하고 나서는 그런 행동들이 많이 버겁더라. 임신하면 호르몬 변화 때문에 감정 기복이 심해진다고들 하는데, 미연이 같은 경우는 그게 좀 심한가 봐. 아무튼 그때 일은 미연이 대신 사과할게. 결혼식 날을 망친 것 같아서 많이 미안하네."

"그랬구만. 그동안 네가 좀 힘들었겠네. 아무튼 사과할 건 없고, 그냥 그런 일이 있었다고."

"미안하다."

"…그런데 혹시 미연 씨 의부증 그런 거 아니야? 너도 참 고생이다."

나는 친구의 말이 일리 있다고 느끼면서도 불쾌했다. 미연의 행동이 버거운 건 사실이었지만, 그런 말을 친구의 입에서는 듣고 싶지 않았다. 말투가 나를 불쌍하게 여기는 것 같기도 했고, 일견 무시하는 것처럼 들리기도 했다.

한 배에 두 생명이 있는 만큼 미연의 배는 나날이 불러왔다. 병원에서 알려준 바로는 딸 하나, 아들 하나였다. 딸과 아들이 동시에 생긴다며 무턱대고 좋아하는 내 앞에서 미연은 여전히 맘에 드는 일이 하나도 없다는 듯 한숨만 푹푹 내쉬었다.

불안정하고 아슬아슬한 날들이 이어지다 또 한 번 사건이 벌어졌다. 임신 6개월차 때였다. 회의를 마치고 휴대폰을 보자마자 심장이 철렁 내려앉는 것을 느꼈다. 미연에게서 부재중 전화가 스무 통 넘게 와 있었다. 무음 모드로 해둔 탓에 전혀 몰랐다. 당장 미연에게 전화를 걸어보았지만 신호음만 길게 이어질 뿐 받지 않았다. 나는 팀장에게 임신한 아내에게 위급한 일이 생긴 것 같다고 말하곤 반차를 요청했다. 그런 나를 바라보는 팀장은 영 아니꼽다는 얼굴이었다. 그러나 지금은 회사에서의 평판이 중요한 게 아니었다. 얼른 미연에게 가야 했다. 집으로 돌아가는 동안에 계속 미연에게 전화를 걸었지만 역시나 받지 않았다. 집에 도착해 보니, 미연은 기절한 채 거실 한복판에 쓰러져 있었다.

"미연아! 정신 차려! 얼른 눈 좀 떠봐!"

다급한 마음에 큰 소리로 외치며 미연의 몸을 흔들었다. 미연의 얼굴에는 눈물 자국이 말라 있었고, 여전히 정신을 차리지 못했다. 바로 119에 신고해 도착한 구급차에 다급히 올라타서 함께 응급실로 향했다. 응급실에서 미연을 진찰한 의사는 굳은 얼굴로 조산기 증상이 있어 극심한 진통 때문에 실신했던 것이라며, 배 속의 아기들은 다행히도 괜찮다고 알려주었다. 응급 처치를 마친 후 미연은 일반 병실로 옮겨져 안정을 되찾았다. 전화로 소식을 전하자마자 바로 달려온 미연의 어머니는 혀를 끌끌 차며 나에게 말했다.

"너는 애가 이 지경이 되도록 여태 뭐 했니?"

뭐 했긴요, 회사에서 회의하고 있었죠, 제가 집에 계속 있는 것도 아니고 미연이가 아무렇지도 않다가 갑자기 아플 걸 어떻게 예측하겠어요, 당신한테도, 119에도 전화를 안 하고 저한테만 스무 번 넘게 전화했는데 어떡하라고요. 그리고 미연이가 아버지한테 맞고 있을 때 가만히 지켜만 봤던 주제에 무슨 낯짝으로 그딴 말을 하는 건지…. 그런 말이 입 밖으로 튀어나오려는 걸 꾹꾹 누른 채로 나는 죄인처럼 고개를 숙였다.

미연의 어머니가 집으로 돌아가고 얼마 지나지 않아 정신을 차린 미연이 입을 열었다. 힘이 없는, 잔뜩 갈라진 목소리였다.

"자기… 아까 왜 그렇게 전화 안 받았어…?"

"여보, 정말 미안해. 그때 회의 중이라 무음으로 해놔서 몰랐어. 부재중 보자마자 집으로 달려갔는데 자기가 거실에 쓰러져 있길래 바로 구급차 불러서 왔어. 아기들은 무사하대. 의사가 위급한 상황은 넘겼으니까 크게 걱정할 건 없다고 하더라. 한동안 입원해서 경과 지켜보면서 회복하면 된대."

"그렇구나…. 나 괜찮구나…. 아까는 현기증이 날 정도로 배가 엄청 아프길래 자기한테 전화했지…"

"내가 안 받으면 장모님이나 119에 전화하지 그랬어?"

"몰라…. 자기밖에 생각이 안 나던 걸 어떡해."

미연은 잠시 허공을 바라보다 다시 입을 열었다.

"자기야."

"응."

"임신이라는 게 진짜… 참 힘들다. 자기는 이 고통을 절대 모르겠지?"

"내가 왜 몰라. 자기 힘든 거 얼마나 잘 아는데."

"정말…? 얼마나 힘드냐면…?"

"응."

"배 속에 있는 애들이 어떻게 되든 상관없을 만큼 많이 힘들어."

나는 무슨 말을 해야 할지 몰랐다. 미연이 임신으로 몸과 마음이 많이 힘든 건 알고 있었지만, 그런 말은 아이들의 아빠인 내 앞에서 하면 안 되는 말이 아닌가 하는 생각이 먼저 들었다.

한 달 동안 입원한 후, 출산을 3개월 정도 앞뒀을 무렵 미연은 퇴원했다. 퇴원한 뒤부터 미연의 배는 하루가 다르게 더 불러왔다. 저렇게 커져도 괜찮을지 걱정이 될 정도였다. 힘에 부친 미연은 항상 침대에 누워 지냈다.

그리고 어느 날 밤, 둘이 나란히 침대에 누워 잠을 청하려고 할 때 미연이 말을 꺼냈다.

"자기, 나 하고 싶어."

"뭐…? 지금 그 몸으로 어떻게 해? 위험해서 안 돼."

"자기도 그동안 오래 참았잖아."

"이렇게 배가 부른데 어떻게 하냔 말이야. 애들한테도 위험할 것 같아."

"아니. 애들도 좋아할 거야. 우리 안 한 지 좀 됐잖아. 오랜만에 자기 사랑 확인받고 싶어."

"내가 널 사랑하는 마음은 변함이 없고, 예정일까지 한 달도 안 남았는데 당신이랑 애들 안전을 위해서 더 참을 수 있어."

실은 무척 피곤해서 그대로 잠들고 싶었다. 미연은 서운함이 잔뜩 묻은 목소리로 말했다.

"내가 이렇게 원하는데 그렇게 모질게 굴면 나 너무 상처 받아."

"휴⋯. 그렇게 하고 싶어?"

"그 한숨 뭐야?"

"아니, 나는 당신이 걱정되니까⋯."

"됐어. 집어치워. 이대로 섹스리스 부부 되는 거지, 뭐."

"에이, 그러지 마. 하자, 하자."

결국 심통에 못 이겨 나는 미연에게 입맞춤을 하며 미연이 입고 있던 잠옷의 단추를 풀었다. 하지만 당장이라도 터질 듯 부푼 배를 보니 그 안에 있는 아이들이 떠올라 왠지 죄책감이 밀려오는 것 같았다. 아이들도 아이들이지만, 솔직히 하고 싶은 마음이 들지 않았다. 하지만 미연이 서운해하는 모습으로 보아 마음에 오래 담아둘 것 같아서 억지로라도 시도해 보기로 했다. 그 순간, 후배인 세희가 머리에 떠올랐다. 딱히 세희를 마음에 두고 있는 것은 아니었다…고 생각한다. 하지만 그때의 나는 머릿속에 떠오른 세희를 계속 생각하려 애써야 했다. 그토록 원하는 미연을 위해서였다.

예정일에 맞춰 며칠간 휴가를 받아놓고, 집에서 늘어지게 잠을 자는데 신음 소리에 깼다. 옆에선 미연이 극심한 진통 때문에 배를 부여잡고 앓고 있었다. 미연을 부축해 바로 차를 몰아 병원으로 향했다.

"미연아! 괜찮아? 곧 도착하니까 조금만 참아!"

옆자리에 앉은 미연은 고통을 참지 못하고 짐승처럼 울부짖었다. 너무나도 고통스러워 보여 병원에 도착하기도 전에 미연의 숨이 끊어지는 건 아닐까 걱정이 되었다.

미연은 출산하는 순간에 죽을 고비를 넘겼다. 자연분만을 하는 과정에서 피를 너무 많이 흘려 수혈을 해야 했지만 다행히도 미연은 무사했고, 두 아이도 건강히 태어났다. 진이 빠져 쓰러지듯 잠이 든 미연을 뒤로하고 내가 먼저 우리 부모님과, 미연의 어머니와 함께 아이들을 보러 갔다. 간호사에게 안긴 아이들은 아직 핏기가 가시지 않아 온통 붉었다. 내가 직접 낳지 않아서인지, 유리창 너머의 저 아이들이 정말로 내 자식인지 실감이 나지 않았다. 하지만 무척 사랑스러웠다.

그리고 몇 시간 후, 미연이 깨어났다. 나는 미연의 손을 부여잡으며 말했다.

"여보, 정말 고생 많이 했어. 애들은 건강하게 잘 태어났으니까 걱정하지 마."

"…자기야."

"응?"

"나 지옥 갔다 왔어."

"그 정도로 많이 아팠구나. 미안해. 당신만 아프게 해서."

"비유가 아니라 진짜로 지옥을 봤어. 사람들 비명 때문에 귀가 터질 것 같고, 악마처럼 생긴 것들이 창 같은 걸로 사람들 몸을 찔러서 풍선처럼 막 터뜨리고…, 나는 아프고 무거운 배를 부여잡고 안 잡히려고 도망 다니고 그랬어. 그러다 구석에 숨었는데 배가 찢어질 듯이 아픈 거야. 그러다 혼자 애들을 낳았어. 진짜 너무너무 아프고 무서웠어…"

미연이 흐느꼈다. 나는 한 손으로 미연의 눈물을 닦아주며 달랬고, 다른 한 손으로는 미연의 손을 잡아주었다. 미연의 손은 심하게 떨리고 있었다.

아이들은 매일 한 뼘씩 자라나는 듯 쑥쑥 컸고, 그만큼 점점 더 사랑스러워졌다. 미연이 딸의 이름을 주나로, 나는 아들의 이름을 주훈으로 지었다. 두 아이는 나에게 그 무엇보다 소중한 존재가 되었다. 이 아이들을 위해서라면 그 어떤 모진 일이라도, 내 목숨을 기꺼이 내줘서라도 지켜내고 싶었다. 부모가 되기 전에는 한 번도 느껴보지 못한 감정이었다.

미연은 그런 감정을 느낄 새도 없이 바쁘고, 또 고단해 보였다. 밤낮 구분 없이 모유 수유를 해야 했고, 식사도 제때 먹지 못했고 화장실도 제때 가지 못했다. 그런 미연을 위해서 나도 퇴근 후에는 아이들을 돌보려고 노력했고, 내가 회사에 있을 시간에는 미연의 어머니가 집에 와서 도와주기로 했다.

그런데도 한동안 미연은 잠자는 도중에 날카로운 비명

을 내지르곤 했다. 간신히 재운 아이들이 비명 소리에 놀라 깨고 말았고, 잠들어 있던 나도 마찬가지였다. 그럴 때마다 미연은 나에게 안겨 울며 이렇게 말했다.

"자기야… 나 자꾸 애들 낳을 때 꿈을 꿔. 배가 내 몸보다 몇 배로 더 커져서 터져버리고…. 그리고 자꾸 내가 지옥에 갇혀서 도망치고 있어…. 나 너무 무서워…?"

모두가 잠들어야 할 새벽, 우리 집에는 세 명의 울음소리가 사이렌처럼 울리는 날이 많았다. 나는 악몽 때문에 잔뜩 겁에 질린 미연과 미연의 비명을 듣고 자지러지게 울어대는 아이들을 재운 후 동이 트고 나서야 잠이 들곤 했다. 잠시 눈만 살짝 감았을 뿐인데 어느새 일어나야 할 시간이 되어 있었고, 기진맥진한 상태로 출근하는 날이 많았다. 눈 밑에 검은 그림자가 점점 짙어지는 것 같았다.

시간이 흐르며 아이들은 뒤집기를 하고, 바닥을 기어 다니다가 앉고, 무언가를 붙잡고 서고, 아장아장 걷고, 말을 하고, 어린이집에 다니기 시작했다. 정신을 차려보니 아이들은 순식간에 자라서, 어엿한 어린이가 되어 있었다. 그러는 동안 미연도 예전과 많이 달라졌다. 아이만 낳으면 다시 임신 전으로 돌아갈 거라고 생각했던 나의 예측은 완전히 빗나갔다. 늘 단정하고 꾸미기를 좋아했던 미연의 모습은 온데간데없이 사라져버렸다. 연애 시절에 비해 살이 많이 불어났고 배의 튼살은 문신처럼 꿋꿋하게 미연의 복부 여러 군데에 자리 잡아버렸다. 늘 헝클어진 머리에 늘어난 옷을 입었고, 잘 씻지도 않았다. 그런 모습은 아이들을 돌보느라 바쁜 탓이라고 이해하려 했지만, 미연이 아이들을 대하는 태도조차 점점 눈살을 찌푸리게 했다. 미연은 아이들이 조금이라도 실수를 저지르면 소리를 크게 지르거나 손바닥으로 몸을 때리면서 과하게 훈육을 하곤 했다. 바닥에 음식을 엎지르거나, 집을 어지럽히거나, 물건을 망가뜨리는 등의 아이다운 미숙한 행동을 미연은 참지 못했다. 미연의 남편이자 아이들의 아빠로서 지켜본 바로는, 미연에게 있어 아이들은 자신을 망가뜨린 존재인 것처럼 보였다. 자신을 죽음 문턱까지 가게 만들고, 몸을 변하게 만든 존재로 인식하고 있는 게 아닐까 싶었다. 그래서인지 미연은 모성애를 거의 느끼지 않는 것처럼 보였다. 눈에 넣어도 아프지 않을 아이들을 막 대하는 미연을 나는 이해할 수 없었다. 엄마로서 그래서는 안 된다고 생각했다.

붉은빛들이 시야를 가득 메운 꽉 막힌 퇴근길이었다. 차창 틈으로 새어 들어온 매연 냄새 때문에 머리가 지끈거렸다. 핸들 위에 두 손을 올리고 턱을 괴려는데 진동이 울렸다. 휴대폰 화면을 보니 낯선 전화번호가 보였다.

"여보세요."

"주나 주훈이 아버님, 안녕하세요. 여기 별빛 어린이집인데요. 아이들이 아직도 하원을 못 해서요. 어머님이 전화를 안 받으시고 혹시 몰라 다른 선생님이 댁에도 가봤는데 아무도 안 계신 것 같더라고요. 혹시 아직 근무 중이세요?"

"아뇨, 지금 퇴근하는 길입니다. 근데 애들 엄마가 연락이 안 된다고요?"

"네. 몇 번 전화해도 안 받으시네요. 혹시 어디 아프신 건 아닌지…"

순간, 정신을 잃고 거실에 쓰러져 있던 아내의 모습이 떠올랐다.

"금방 가겠습니다. 지금 차가 많이 밀리긴 하는데 30분 안이면 도착해요. 죄송합니다."

전화를 끊고 바로 미연에게 전화를 걸어보았다. 예상과는 다르게 통화연결음은 금방 끝났고, 미연의 목소리가 들려왔다.

"여보세요."

"당신, 지금 어디야?"

"어디긴. 지금 집이야."

미연의 목소리는 아무 일도 없다는 듯 태연했다.

"집이라고? 집인데 왜 애들 데리러 안 가고 문도 안 열
어줬어? 선생이 집까지 찾아갔다가 다시 돌아왔다잖아."

"…"

"당신 또 어디 아파?"

"…오늘은 진짜 데리러 가기 싫었어."

"지금 그게 무슨 말이야?"

"몰라. 아무튼 자기가 애들 데리고 와줘."

"아니, 당신 지금 뭐 하자는…"

말하는 도중에 전화가 뚝 끊겼다. 동시에 내 이성의 끈
도 뚝 끊어졌다.

"이 여자가 진짜 미쳤나…"

타오르는 분노를 애써 억누른 채 어린이집에 도착했
다. 집에서 걸어가면 몇 분 안 되는 거리인데도 미연이 아
이들을 데리러 가지 않았다는 사실이 도무지 이해가 되지

않았다.

어린이집 안으로 들어가자 아이들이 선생님과 함께 걸어 나왔다. 나는 허리를 숙이고 두 팔을 벌리며 아이들에게 다가갔다.

"주나랑 주훈이, 아빠랑 엄마 기다렸지? 늦어서 미안해."

눈을 맞추며 꼭 안아주었지만 아이들의 얼굴에는 서운함과 불안함이 묻어났다.

"선생님, 죄송해요. 아까 애들 엄마랑 통화했는데 몸이 많이 아팠나 봐요. 저한테 애들 좀 데리러 가 달라고 전화를 했다는데 제가 못 받았더라구요. 신경 쓰시게 만들어 죄송합니다. 얘들아, 선생님께 감사하다고 인사드려."

나는 미소를 지어 보이며 그럴듯하게 지어낸 말을 뱉고는 아이들의 손을 잡고 나와 차로 향했다.

"주나랑 주훈이 오늘 어린이집에서 재밌었어? 아빠가 데리러 온 건 처음이네."

여전히 아이들의 얼굴은 굳어 있었다. 그리고 주훈이가 입을 열었다.

"아빠…"

"응? 주훈이 왜?"

"엄마 무서워. 우리 오늘 집에 들어오지 말랬어…"

"…왜? 엄마가 주나랑 주훈이한테 뭐라고 했는데?"

내 질문에 주나가 대답했다.

"밥 안 먹는다고 막 때찌 하고 아야 하고…. 그릇도 던져서 쨍그랑 했어."

"엄마가 너희들 때리고 그릇도 던졌어?"

"응. 아침에 엄마 무서웠어. 엄청. 나가라고 그러고. 집 들어오지 말라 그러고…"

온몸이 부들부들 떨려와 이를 꽉 깨물었다. 나는 양손으로 잡고 있는 아이들의 작고 연약한 손들을 세게 움켜쥐지 않으려고 노력했다. 그리고 엘리베이터로 올라가는 짧은 시간 동안 아이들에게 말했다.

"집 들어가면 아빠가 엄마랑 얘기 좀 할게. 근데 아빠가 혹시 큰 소리 내도 너무 놀라지 마. 그리고 들어가면 바로 주나랑 주훈이랑 방에서 놀고 있어. 알았지?"

아이들은 여전히 굳은 얼굴로 고개를 끄덕였다.

집 안에 들어오자마자 아이들을 방으로 들여보낸 다음, 문을 꽉 닫고 안방으로 향했다. 문을 열자 미연은 태평하게 누워서 휴대폰 화면을 보고 있었다. 나는 방문을 잠그고 미연을 다그쳤다.

"당신, 뭐 하자는 거야? 미쳤어?"

"들어오자마자 무슨 말을 그렇게 해?"

"너 애들 때렸니? 어?"

"애들이 그래?"

"그래. 주나랑 주훈이가 얘기하더라. 아침에 엄마가 자기들 때리고 그릇도 던지고 그랬다고. 엄마라는 사람이 제정신이야?"

"…미치겠네. 나 애들 안 때렸어. 애들이 기껏 차린 밥도 안 먹고 어린이집도 안 가겠다면서 하도 떼를 쓰니까 겁만 좀 준 거야. 그릇은 일부러 애들한테 던진 게 아니라 실수로 떨어뜨린 거고."

"웃기지 마. 내가 당신 말을 믿을까, 애들 말을 믿을까?"

"내 말을 믿어야지. 재들이 어려 보여도 자기네들 상황에 맞게 거짓말을 얼마나 잘하는데."

그 말을 들으니 기가 차서 헛웃음이 튀어나왔다.

"그럼 애들은 왜 데리러 안 간 건데?"

"여태 내가 이런 적이 또 있었어? 데리러 못 간 게 이번이 처음이야. 아침에 진짜 너무 열 받아서, 오늘 애들 보기 싫어서 그랬어. 당신한테 전화하는 건 유튜브 보다가 깜빡했고.”

"깜빡할 걸 깜빡해야지. 당신, 애들 엄마 맞아?”

"…"

여전히 휴대폰 화면을 향해 고개를 돌리고 있던 미연이 흐느끼기 시작했다.

"나 진짜 아침에 너무 힘들었다고…. 당신은 회사 가서 없고, 졸린 눈 비비면서 기껏 밥 차려줬더니 애들은 뭐가 그렇게 불만인지 울고불고 소리 지르면서 떼쓰고…. 육아가 어디 쉬운 줄 알아? 당신은 육아 제대로 한 적 있어? 당신이 매일매일 애들 밥 해 먹이고, 등하원 시키고 그랬냐고. 주말마다 애들이랑 놀러 가기만 하니까, 애들 웃는 것만 보니까 애 키우는 게 쉬운 줄 알…"

나는 미연의 말을 끊고 사정하듯 다그쳤다.

"애들은 애들이잖아. 어리니까 잘 모를 수밖에 없고, 실수할 수밖에 없잖아. 부모답게 좀 참고 잘 가르칠 수 없어?”

"…"

"왜 말이 없어?”

"…아니야. 걔들은 일부러 그러는 거야. 일부러 나 엿 먹으라고."

"뭐, 엿? 엿 먹으라고? 애들 이제 고작 다섯 살이야. 당신은 당신 애들을 대체 뭐로 생각하는 건데? 당신이 배 아파 낳은 애들 아니야? 당신이 열 달 동안 배 속에 품었던 애들 아니냐고!"

내 목소리가 점점 커지자 미연도 악을 쓰며 말했다.

"직접 낳지도 않은 주제에 큰소리치지 마! 너는 안 낳아봐서, 안 당해봐서 몰라! 겪어보고 그런 말 지껄여!"

그렇게 말한 후, 미연은 이불을 머리끝까지 덮고 더 크게 엉엉 울어댔다. 나는 잠시 그 모습을 멍하니 바라보다가, 방문을 열고 밖으로 나갔다. 아이들 방으로 들어가니 주나와 주훈은 블록을 가지고 놀고 있었다. 분명히 아빠와 엄마 사이의 좋지 않은 기류를 느끼고는 놀 기분이 아닌데도 억지로 놀고 있는 것이었다. 그런 아이들의 모습을 보니 가슴이 아렸다.

"잘 놀고 있었어? 배고프지?"

내 목소리에 아이들은 나를 올려다보며 고개를 힘껏 끄덕였다. 나는 배달 앱으로 피자와 아이스크림을 주문했다.

아이들이 다 먹은 걸 본 후에는 일부러 남겨둔 피자 두 조각을 미연이 누워 있는 침대 옆 테이블에 올려두었다. 미연은 여전히 이불 안에 있었다.

나는 어둠 속에서 아이들이 곤히 잠든 모습을 지켜보았다. 미연은 대체 이 작고 약한 아이들을, 때릴 곳이 어디 있다고 그랬을까. 아빠로서 여태 아이들을 잘 돌보지 못한 죄책감에 가슴 아래쪽이 바위를 얹은 듯 무거웠다. 미연과 똑 닮은 주나의 잠든 얼굴을 보며 연애 시절의 사랑스러웠던 미연의 얼굴도 떠올랐다. 대체 왜 이렇게 되어버린 것인지, 갑갑한 현실에 한숨이 터져 나왔다.

어떤 식으로든 조치를 취해야겠다고 생각한 나는 돌아오는 주말에 미연을 데리고 병원에 찾아갔다. 미연이 상담을 마치고 나온 직후 의사를 만나러 진료실로 들어갔다.

"환자분은 현재 산후우울증을 앓고 있고요. 느끼고 계시겠지만 그 정도가 심한 편이에요. 그리고 출산의 경험에 대한 강한 트라우마와 죽음에 대한 불안을 지니고 있고, 그로 인해 조현병 증상도 살짝 보이는 것 같습니다."

의사가 굳은 얼굴로 말했다.

"산후우울증이랑 조현병이요? 그럼 어떻게 하면 나아

질 수 있나요?”

"처방해 드린 약을 매일 드셔야 하고, 무엇보다 가장 중요한 건 남편분이 너그러운 마음으로 잘 보듬어주시는 거예요. 그리고 아내분이 아이들을 지속적으로 폭행하거나 만약 자해까지 한다면 입원 치료를 해야 합니다.”

여태 미연이 보였던 행동들이 우울증과 조현병 증세였다는 것을 의사 입으로 직접 들으니 실감이 났다. 그렇지만 남편으로서 그런 미연을 어떻게 도와줘야 할지에 대해서는 전혀 자신감이 생기지 않았다. 다만, 한 번만 더 아이들에게 폭력을 가한다면 미연을 병원에 입원시키고 아이들과 격리시키기로 마음먹었다. 미연은 나에게 있어 큰 숙제가 되어 있었다.

"선배. 오늘 퇴근하고 저희끼리 몰래 한잔 어떠세요?”

낯익은 향기와 목소리가 내 귀 가까이로 다가왔다. 고개를 돌려보니, 후배 세희가 미소 띤 얼굴로 나를 보고 있었다.

"무슨 일 있어? 안 그래도 요즘 얼굴이 좀 안 좋아 보이는 것 같던데.”

"그냥 좀… 속상한 일이 있어서요."

"그래. 나도 요즘 좀 힘든 일 있는데, 이따 한잔하자."

퇴근 후 단둘이 가진 술자리에서 세희는 눈물을 보였다. 회사 안에서는 항상 방긋 웃고 있었기에 얼굴을 일그러뜨리고 우는 모습은 처음이었다.

"그렇게 오래 만났는데, 대학생 때부터 8년을 만났는데 어떻게 그렇게 갑자기 헤어지자고 할 수가 있어요?"

그런 세희에게 나는 휴지를 건네주는 것 말고는 할 수 있는 게 없었다.

"저 진짜 너무 분하고 억울해요. 진짜 그 새끼 길 가다가 차에 치여서 죽어버렸으면 좋겠어요. 사람 마음을 이렇게 망가뜨려 놨는데, 제발 꼭 천벌 받았으면 좋겠어요."

"그래, 그래. 그 자식 분명 천벌 받을 거야. 그리고 너도 금방 새로운 사람 만날 거야. 너무 걱정하지 마."

"…선배."

"응?"

"저 예쁜 편이에요? 금방 새 사람 만날 수 있을까요?"

"물론이지. 세희 엄청 예쁘지. 일도 잘하고 자기관리도 잘하고 얼마나 멋진 여잔데. 회사 안에서도 세희를 맘에 두고 있는 남자 직원들 꽤 있을걸?"

"그 말 들으니까 좀 위로가 되네요."

"진짜야. 그러니까 너무 낙담하지 마."

"그럼 혹시 그 직원 중에 선배도 있어요?"

"응…?"

"저 지금 제정신 아니니까 이왕 취한 김에 다 말할게요. 솔직히 선배가 제 이상형이었어요. 외모도 그렇고, 성격도 엄청 다정하시고. 제가 자주 실수해도 여태껏 혼내신 적 한 번도 없었잖아요. 그래서 저 입사하고 얼마 안 돼서 선배가 결혼한다는 말 듣고 한동안 매일 울었어요. 결혼식도 솔직히 가기 싫었어요. 아내분이 너무 부러워서요. 선배가 만약 가정이 없고 저도 만나고 있던 사람만 아니었으면 진작 고백했을 것 같아요. …헤어지자마자 이런 말 하니까 좀 가벼워 보이죠? 근데 이거 진심이에요."

세희는 마음에 담아두었던 말을 쏟아내자마자 고개를 푹 숙였다.

"그런데… 이미 선배님은 아내가 있고 아이들도 있고…. 나는 애인한테 차여서 선배 앞에서 이런 꼴사나운 모습 보이고 있고…"

"아니야. 솔직하게 말해줘서 고마워."

나도 언젠가부터 종종 세희를 생각하면서 아내 몰래 혼자 욕구를 풀었던 건 사실이다. 그런 세희가 나에게 마음이 있었다고 말하는 게 당황스러우면서도, 묘하게 가슴이 뛰고 기분이 좋았다. 만약 내가 미연을 만나지 않았더라면, 어쩌면 세희와 만나고 있었을지도 모르겠다는 생각이 들었다.

"선배. 아까 아내 때문에 많이 힘들다고 하셨죠?"

나는 고개를 끄덕였다.

"그럼 저랑 만나요. 힘든 일, 저랑 만나면서 다 풀어요."

망설임은 짧았다. 그날 이후, 우리는 연인이 되었다.

우리는 퇴근 후 일주일에 한두 번씩 호텔에서 만남을 가졌다. 그날도 침대 위에서 서로 발가벗은 채 대화를 나누고 있었다. 나는 세희의 목에 코를 가져다 대고 체취를 깊게 들이마셨다.

"몸에서 좋은 냄새 나네."

"응. 오빠가 향수 뿌리지 말라고 해서 요즘 일부러 안 뿌리고 다니잖아. 대신 바디워시 향 좋은 거 사서 쓰고 있어."

"고마워."

"오빠 진짜 안됐어. 그 여자 때문에 이 잘생긴 얼굴 다 죽었잖아. 애들 한 번만 더 때리면 그때는 정말 이혼하고 양육권도 주지 마."

나는 한숨을 내쉰 다음 말했다.

"걔 때문에 집이 완전 지옥같이 느껴진다. 애들 때문에 버티는 거지."

"나랑 있을 땐 엄청 좋지? 내가 오빠 활력소 아니야?"

"나 이혼하면 세희가 우리 애들 키워줄 거야?"

"당연하지! 나 애들 엄청 좋아하잖아. 그리고 오빠 애기도 낳고 싶어."

"…와이프 한번 지켜볼게."

세희와 헤어지고 아파트 1층에서 엘리베이터를 기다리는데, 낯이 익은 중년 여자가 엘리베이터 앞으로 다가왔기에 가볍게 인사를 했다.

"안녕하세요."

여자도 묵례를 꾸벅 하더니, 갑자기 내 얼굴을 빤히 바라보며 물었다.

"…혹시 401호 사는 사람 맞죠?"

"네."

"저기, 오지랖인지 모르겠지만 좀 걱정이 돼서…"

"네? 무슨 일인데 그러세요?"

"제가 바로 위에 501호 살거든요. 근데 아까 오후에 화장실 통해서 애기들 우는 소리랑 애들 엄마인지 누군지 막 고함치고 깨부수고 하는 소리가 들리는 거예요."

"…그래서요?"

"애들이 걱정돼서 아래층으로 내려가서 벨 눌렀는데, 애 엄마가 나오더라고요. 뒤에서 애들 우는 소리는 계속 들리고. 그래서 제가 집에 무슨 일 있냐고, 애들 괜찮냐고 물었더니 앞으로 조용히 할 테니 신경 쓰지 말라면서 문을 쾅 닫더라고요. 내내 걱정이 돼서 경찰서에 신고라도 할까 했는데 그러고 나서는 큰 소리는 안 들렸어요."

그 말을 들으니 수치스러움이 몰려오며 얼굴이 달아오르는 것이 느껴졌다.

"하아… 시끄럽게 해서 죄송합니다. 집 들어가자마자 애들 엄마한테 무슨 일 있었는지 확인해 볼게요. 애들 엄마가 요즘 좀 아프거든요. 걱정해 주셔서 감사합니다."

엘리베이터를 타고 올라가는 동안 아이들을 향해 악

을 쓰고 고함을 치는 미연의 얼굴이 머리에 그려졌고, 이것이 어쩌면 미연과 헤어질 수 있는 기회라는 생각도 들었다. 나는 집에 들어가자마자 안방으로 성큼성큼 걸어갔다. 거실에서 나를 맞는 아이들의 인사를 받아줄 새도 없었다. 안방 문을 세차게 열어젖히고, 침대에 누워 있던 미연에게 쏘아붙였다.

"너 오늘 또 애들 때렸어?"

"왜 또 이렇게 화가 났어? 때리긴 뭘 때려."

"방금 윗집 아줌마한테 얘기 듣고 오는 길이야. 애들 우는 소리랑 네가 소리 지르고 뭐 던지고 하는 소리가 다 들렸다잖아."

"그 아줌마 진짜 웃긴다. 왜 없는 말을 지어내? 당신은 그 말을 믿어?"

"네가 애들한테 하는 짓, 아동학대야."

"자꾸 뭐라는 거야? 당신은 내 말을 믿어, 그 아줌마 말을 믿어?"

"그럼 윗집 아줌마가 괜히 그런 말을 했겠어?"

나는 말을 마치자마자 거실에 있던 아이들을 방 안으로 데려간 다음 문을 닫았다. 그리고 아이들과 눈을 맞추며 물었다.

"주나야, 주훈아. 아까 엄마가 너희들 때렸어, 안 때렸어?"

하지만 아이들은 방문을 곁눈질하며 눈치만 볼 뿐, 대답을 하지 못했다.

"괜찮아. 엄마가 안 혼낼 거야. 만약 엄마가 또 혼내면 아빠가 지켜줄게. 아까 집에서 무슨 일 있었는지 솔직하게 말해줘."

그러자 입을 오물거리다 꺼낸 주훈이의 말은 내 귀를 의심하게 했다.

"엄마가 나랑 주나한테 막 물 뿌리고… 꺼내달라고 했는데 화장실에서 못 나가게 했어…"

말문이 막혔다. 그 대신 구역질이 나올 만큼 분노가 차올랐다.

"애들아. 여기에서 놀고 있어. 아빠, 엄마랑 얘기 좀 하고 올게. 알았지?"

아이들은 여전히 눈치를 보며 고개를 끄덕였다. 그리고 나는 안방으로 들어가 미연을 향해 말을 내던졌다.

"우리 그만하자. 끝내."

"뭐…?"

"너 아까 애들 화장실에 가두고 물고문 했냐? 너 진짜 미쳤어?"

"하, 물고문은 무슨. 내가 애들한테 왜 그런 짓을 해?"

"너 대체 왜 이래? 아, 아니다. 됐다. 더 길게 말할 것도 없어. 당장 이혼해. 나랑 애들은 더 이상 너랑 못 살아."

그러자 미연이 당장이라도 죽일 듯한 눈빛으로 나를 매섭게 노려보았다. 나도 지지 않고 미연을 노려보며 말을 이었다.

"너만 애 키우는 거 힘드냐? 나도 하루종일 회사에서 싫은 소리 들어가며 일하는 거 힘들어. 근데 넌 왜 그렇게 나약해 빠져서 우울증이니 조현병이니 뭐니 그딴 병이나 앓고, 그 작은 애들 때릴 데가 어디 있다고 그렇게 학대해? 벌써 몇 번째야? 병이라고 다 참고 이해할 생각 없어. 나도 진짜 참는 데 한계가 있어. 당장 끝내."

"…당신, 말 그렇게 하지 마."

"그리고 솔직히 사실대로 말할까? 더 이상 너랑 같이 살기 싫어. 네 이런 모습, 이런 행동 다 지긋지긋해. 너 때문에 이 집구석이 지옥 같다고. 나, 애들 때문에 간신히 이

집에 들어오는 거야."

"…"

나와 미연은 그렇게 수 분을 침묵 속에 잠겨 있었고, 내가 먼저 그 침묵을 깨뜨렸다.

"넌 애들이랑 같이 있으면 안 돼. 우선 애들은 내가 볼 테니까 당분간 친정 가서 생각 정리 좀 하고 있어. 네가 애들한테 저지른 잘못을 뉘우치는 시간을 가지라고. 그리고 우리는… 더 이상 회복할 수 없는 관계가 된 것 같다."

내 말을 듣고 있던 미연의 눈동자에는 초점이 없었다. 그 모습을 뒤로한 채, 방문을 거칠게 닫고 거실로 나왔다.

이미 나와 미연은 각방을 쓴 지 오래되었다. 그날 밤도 나는 내 방에서 바닥에 이불을 깔고 자고 있는데 아이들 방에서 흐느끼는 소리가 들려와 잠에서 깼다.

"주나야, 주훈아… 미안해…. 정말 엄마가 너무너무 미안해…"

이제 와서 아이들한테 미안한 생각이 드나 싶었지만, 이미 늦었다. 미연은 이미 아이들에게 씻을 수 없는 상처를 주었다. 그것도 여러 번이나. 아마 아이들은 성인이 되어서도 어린 시절의 아픔을 잊지 못할 것이다. 그런 아이들을 생각할 때마다 누군가 내 심장을 손으로 쥐어짜는 것처럼 가슴이 아파왔다. 미연은 밤새 아이들에게 미안하다는 말을 기계처럼 되풀이하고 있었다.

이른 새벽, 미연은 캐리어와 손가방 하나를 들고 현관으로 향했다. 걸음걸이에는 힘이 하나도 없었다. 미연이 움직이는 소리에 잠에서 깬 나는 옆에서 곤히 자는 아이들을 한번 살피고 현관 앞에서 미연을 배웅했다.

"…아이들을 위해서니까. 이해해 줘."

하지만 미연은 눈도 마주치지 않고 대답도 없이 현관문을 닫고 나갔다.

날이 밝은 후, 먼저 일어난 주나가 집 안을 어슬렁거리더니 나에게 다가왔다.

"주나, 일어났어?"

"아빠. 엄마 어디 갔어?"

"엄마는 몸이 아파서 잠깐 할머니 집에서 지내기로 했어."

"엄마 아야 해?"

"응. 근데 엄마 곧 나을 거야. 너무 걱정하지 마."

"엄마 아야 안 했으면 좋겠어…"

나는 주나를 꼭 끌어안았다. 아이들은 여전히 이렇게 엄마를 사랑하는데, 이렇게 순수하게 엄마를 걱정하는데 우리 가족은 어쩌다 이렇게 되어버린 걸까.

내가 회사에 있는 동안에는 누나가 와서 아이들을 돌봐주기로 했다. 퇴근하면 곧바로 귀가해야 해서 미연을 친정으로 보낸 후에는 세희와 만나는 시간이 더 줄었다. 세희는 잔뜩 서운해했지만 어쩔 수 없었다.

며칠이 지나도 미연에게서는 연락이 없었다. 아이들이 잘 있는지 궁금할 법도 한데, 메시지 한 통조차도 오지 않았다.

그리고 별거 후 2주 정도가 흘렀을 무렵이었다.

"얘들아, 아빠 오셨네."

주나와 주훈이 방에서 깔깔거리며 달려 나와 내 다리를 감싸 안았다.

"주나랑 주훈이, 고모 말 잘 듣고 있었어?"

"잘 지내는데, 얘네가 지 엄마를 찾긴 찾네. 계속 엄마 언제 오냐고 묻더라."

"애 엄마를 찾는다고?"

"응. 애들 엄마한테 연락은 없고?"

"없었어. 한 번도."

누나가 집으로 돌아간 후, 나는 아이들을 재운 다음 거실 소파에 앉았다. 한때 내가 사랑했던, 어린아이 같은 미연의 모습이 떠올랐다. 새벽에 잠을 줄여가며 아이들에게 모유 수유를 하던 모습도, 아이들을 안아주고 예뻐하던 모습도 떠올랐다. 잠시 생각에 잠겼던 나는 휴대폰 잠금을 풀고 미연의 연락처에 손가락을 가져갔다. 잠시 망설여졌지만, 결국 통화 버튼을 눌렀다. 오래 이어지는 연결음에 종료 버튼을 누르려는 찰나, 미연의 목소리가 들렸다.

"여보세요"

여전히 목소리에는 힘이 없었다.

"…나야."

"어…."

"애들 잘 있는지 궁금하지 않아?"

"궁금하지. 당연히…."

"그런데 왜 여태 연락이 없어?"

"연락하면 안 되는 거 아니었어?"

"그게 무슨 소리야. 애들 궁금하면 할 수도 있는 거지."

"주나랑 주훈이 잘 있어? 밥은 잘 먹고?"

"응. 누나가 와서 봐주고 있어. 애들은 지금 자고 있고."

"…."

"애들 보고 싶으면, 다시는 애들 안 때리겠다고 약속하면 애들 보게 해줄게."

"나 당신 연락 기다렸어. 여태."

미연의 그 말에 목울대가 경직되어 침을 꼴깍 삼켰다. 나는 목에 힘을 주고 말했다.

"지금 연락했다고 해서 내가 당신을 용서한 건 아니야."

"알아. 애들도 날 용서 안 한 것도."

"…."

"나 애들 보고 싶어…"

"그럼 한번 애들 보러 와. 애들도 엄마를 찾긴 해."

"이번 주 금요일에 잠깐 집에 갈게. 그래도 돼?"

"…응. 그렇게 해."

"그날은 애들 어린이집 보내지 말고 고모도 집에 오시지 말라 그래. 내가 애들 볼 테니까."

금요일 아침, 현관문 도어 록이 해제되는 소리가 들린

후, 미연이 문을 열고 집 안으로 들어오는 모습이 보였다. 미연의 얼굴에는 여전히 생기가 없었다.

"…왔어?"

내 말에 미연은 나와 눈을 마주치지 않고 아래만 내려다보며 대답했다.

"응. 회사 다녀와."

"애들 잘 부탁해."

"응. 이제 애들 아침 차릴게."

나는 아이들 방문을 조심스럽게 열고 들어갔다. 엄마가 집에 온 것도 아직 모른 채, 주나는 양팔을 위로 올리고 주훈이는 엎드린 채 곤히 잠들어 있었다. 나는 양손으로 아이들의 머리를 조심스럽게 쓰다듬은 후 현관으로 향했다.

"잘 다녀와."

미연이 부엌일을 하며 등을 돌린 채 말했다.

"알았어."

그날 저녁, 집으로 돌아오는 길에 어떻게 하면 미연과 하루라도 빨리 깔끔하게 이혼하고 세희와 결혼할 수 있을지 머릿속으로 그려보았다. 더 이상 내 안에는 미연이 남아 있지 않았다. 미연은 나에게 측은함을 느끼게 하면서도 불쾌감을 주는 존재가 되어 있을 뿐이었다. 그리고 그 자리는 세희가 채워주었다. 내 아이들도 자신의 아이처럼 키울 수 있다며 사랑스러운 표정과 목소리로 말하는 세희와 매일 같은 집에서 함께 시간을 보내고 싶었다.

현관문을 열고 들어와 보니 집 안은 칠흑같이 어둡고, 마치 음 소거 버튼이라도 누른 듯 고요했다. 나에게 달려와야 할 아이들이 보이지 않았고, 말소리도 들리지 않았다. 아이들 방의 문을 열고 들여다보았지만, 아이들은 없었다. 주위를 두리번거리며 안방 문을 여니, 침대 위에 미연이 가만히 앉아 있었다. 그 모습이 마치 마네킹 같아 심장이 살짝 내려앉는 듯했다.

나는 안방의 전등을 켜며 말했다.

"집에 왜 불을 다 꺼놨어? 왜 이렇게 조용해? 애들은?"

"왔어?"

"애들은 어디 있어? 자?"

"애들? 누구 애들?"

"…무슨 소리야. 당연히 우리 애들이지 누구야? 당신 또 왜 그래?"

"우리 애들…. 우리?"

"당신 왜 그러냐니까?"

"우리는 이제 끝난 사이잖아."

그렇게 말하는 미연의 표정과 말투에 마치 차가운 날붙이가 내 심장을 긁고 지나가는 듯했다.

"얼마 전에 세희라는 여자한테 전화가 왔었어. 당신이 만나고 있는 그 여자 말이야. 그 새파랗게 어린 년이 대뜸 나한테 뭐라는 줄 알아? 당신 남편, 자기랑 만나고 있고 곧 결혼도 할 거니까 우리 사이에서 사라져 달래. 애들도 나보다 어린 자기가 오히려 더 잘 키울 수 있을 거라고 하던데? 그러니까 더 이상 애들이랑 오빠한테 접근하지 말라더라. 나더러 위험한 존재라면서."

미연의 그 말에 심장이 미친 듯이 요동치기 시작했지만 평정심을 유지하려고 노력하며 받아쳤다.

"그래서 무슨 말이 하고 싶은 거야, 지금?"

"내가 무슨 말이 하고 싶은 거냐고?"

"애들은 어디 있어? 주나야, 주훈아. 아빠 왔는데 안 나오고 뭐 하니?"

"당신, 기억하지? 예전 우리 둘 모습. 우리 정말 서로가 없으면 안 되는 사이였잖아. 그치? 서로 정말 사랑해서 결혼했고, 그 사랑의 결실로 아이들이 태어났지. 그런데 지금은? 우리 사이에 사랑이 어디 있어? 나랑 당신 사이에 생판 모르는 여자가 끼어들었고, 나에 대한 당신의 사랑은 더 이상 없지. 그러면? 그러면 우리 사랑의 결실은?"

속사포처럼 내뱉는 미연의 목소리에 비해 너무나 고요한 집안이 불길했다. 심장의 터질 듯한 뜀박질이 온몸을 울리고 있었다.

"대체 무슨 말이 하고 싶은 건데! 애들 어디 있냐고!"

"우리 사랑은 끝났어. 완전히."

미연은 내 앞으로 바짝 다가와 여전히 마네킹 같은 얼굴로 나를 노려보며 말했다. 그 입가에는 칼날 같은 미소가 떠 있었다.

"주나야, 주훈아! 애들아!"

나는 앞에 선 미연을 밀쳐내고 온 집 안을 헤집으며 아이들을 찾았다. 하지만 거실에도, 부엌에도, 안방에도, 아이들 방에도 아이들은 보이지 않았다.

이제 남은 곳은 욕실, 한 군데뿐이었다. 나는 온몸에 크고 빠르게 울리는 심장의 고동 소리를 들으며 욕실을 향해 다가갔다. 그리고 닫힌 그 문을 열어젖혔다.

내 눈에 보인 것은, 붉게 물든 욕조 안에서 물에 담긴 채 미동도 하지 않는 작은 두 몸이었다. 주나의 얼굴은 거의 잠겨 있었고, 주훈은 목이 뒤로 잔뜩 꺾인 채 입을 벌리고 있었다.

시간이 멈춘 것 같았다. 아니, 온 세상이 멈춘 것 같았다. 이 순간이 과연 꿈인지 아니면 현실인지 알 수 없었다. 그렇게 나는 몇 초 동안은 욕실 앞에서 가만히 굳어 있었다. 곧 온몸이 덜덜 떨리며 이빨이 마구 부딪혔다.

"당신 대체… 무슨 짓을 한 거야? 설마 저 욕조 안에 있는 게 주나랑 주훈이야…? 응? 아니지? 어서 아니라고 해…. 아니라고…"

미연은 내 뒤에서 차분하면서도 증오 어린 목소리로 말했다.

"…주나랑 주훈이 맞아."

그제야 정신을 차리고 욕실 안으로 달려 들어간 나는 아이들을 물속에서 안아 올렸다. 아이들은 눈도 감지 못한 채 축 늘어져 있었다. 나는 절규했다. 아이들을 안고서 온 세상이 떠나가라 외쳤다. 미연은 그런 내 모습을 가만히 바라보았다.

"살려내! 당장 주나랑 주훈이 살려내!"

"이미 늦었어. 우리 사랑이 끝났다면, 그 결실도 없어져야 마땅해."

나는 아이들을 바닥에 눕혀두고 미연에게 달려가 멱살을 잡으려 했다. 하지만 내 몸은 손가락 끝까지 누군가 일시 정지 버튼을 누른 것처럼 마비된 채 움직이지 않았다. 미연은 그런 나를 거칠게 밀쳐냈다. 나는 힘없이 바닥에 주저앉았다. 그런 내 앞에 미연이 허리를 숙이고 얼굴을 들이밀었다. 그 눈동자에는 많은 것들이 담겨 있었다.

"우리는 이제 끝이야. 완전히."

미연은 그 말을 남기고 베란다를 향해 유유히 걸어갔고, 나는 머리가 아득해지는 것을 느끼며 정신을 잃고 말았다.

눈을 뜨니 다시 칠흑같이 어둡고 고요한 집 안이 보였다. 거실 한가운데에 엎드려 있던 나는 천천히 몸을 일으켰다. 무슨 일이 있었는지, 왜 나는 여기에 누워 있지 하며 멍하던 정신이 돌아온 순간, 화장실 안에 싸늘하게 식어 있던 아이들과 차갑게 돌아선 미연의 창백한 얼굴이 떠올랐다. 나는 얼른 화장실로 달려갔지만 아이들은 보이지 않았다. 집 안 구석구석을 뒤져도, 아이들과 미연은 보이지 않았다.

※※

티브이 화면 속, 굳은 얼굴의 아나운서가 다음 소식을 전하기 시작했다.

"다음 소식입니다. 지난주 보도한 일가족 실종 사건을 기억하십니까. 서울 ○○구에서 한 남성이 아내가 두 자녀를 살해한 뒤 사라졌다고 신고했으나, 출동한 경찰 조사 결과 자택 내부엔 사건의 흔적이 전혀 없었는데요. 이상한 건, 분명히 네 가족이 생활한 흔적이 남아 있다는 것, 그리고 신고자인 김 모 씨가 아내가 아이들을 살해했다는 말만 계속해서 반복한다는 것이었습니다. 진술에 살해 현장 묘사가 구체적이고, 아내에 대한 적개심이 뚜렷해 경찰은 김 모 씨가 범행을 저지른 후 신고했을 가능성을 열어두고 수사를 진행하고 있다는 소식까지 전해드렸는데요. 오늘 ○○서에서 추가 발표한 자료에 따르면, 다소 놀랍게도 네 가족이 함께 살았다는 것이 거짓이라고 합니다. 즉, 정신 착란 증세를 앓는 김 모 씨가 만들어낸 허상 속에서 네 가족이 생활하는 것처럼 집을 꾸미고 범행 상황을 진술했다는 것인데요. 담당 기자가 녹취해 온 김 모 씨 주변 사람들의 인터뷰를 보시겠습니다."

이어서 얼굴이 모자이크 처리 된 주변 사람들의 인터뷰가 흘러나왔다.

"가끔 아내가 집착이 심하다면서 저나 다른 친구들한테도 뒷말을 하곤 했어요. 그때도 좀 의아하긴 했거든요. 저는 걔가 결혼을 했는지도 몰랐는데요, 청첩장도 안 보내고 그런 얘기는 또 왜 하나 해서 기분이 좀 그랬죠. 아내 얼굴도 이름도 모르고. ...아이들도 있었나요? 쌍둥이요?"

"그 직원이 어느 날부터 갑자기 집사람 핑계를 대면서 자주 반차를 내고 그랬어요. 아니, 그런데 저는 그 친구가 결혼했다는 소리를 들은 적이 없거든요. ...회사 안에서 만나던 후배 여직원이요? 누구지…. 아, 반년 전에 소문 돌았던 같은 팀 직원 말하는 건가요? 그 직원은 몇 달 전에 교통사고로 죽었어요."

"아랫집에서 막 큰 소리 날 때가 자주 있었어요, 웅얼웅얼하면서 정확히 들리지는 않았는데, 남자가 혼자 고함치고 그러더라고요. 여자나 아이들 목소리는 한 번도 못 들었어요. 복도에서 마주친 적도 없고….."

※ ※

이아손 네 불행을 나와 나누었으니, 너도 괴로워하며 고통에 몸부림칠 것이다.

메데이아 가슴에 새겨두어라. 나에게 이 고통은 득이다. 네놈이 비웃지 못하나니.

이아손 아아 아이들아! 어찌하여 너희는 이리도 사악한 어미를 두었는가!

메데이아 오오 아이들아! 어찌하여 너희는 아비에 의해 파멸하고 말았는지!

이아손 아이들을 죽인 것은 네년의 손이지, 내 오른손이 결코 아니다.

메데이아 하지만 네놈이 새장가를 간 것은 매우 교만하고 극악무도한 짓이다.

이아손 그것 때문에 아이들을 살해한 것이 더욱 교만하고 극악무도한 짓이 아닌가?

메데이아 아내가 버젓이 살아 있는데 남편이 새장가를 가는 것은 비극이다. 이 비극이 여자에게 가벼운 사건이라 여기는가?

이아손 생각 있는 여자라면 가벼울 것이다. 너는 추악하고, 잔인하며, 악랄하다. 너는 역시 틀림없는 마녀다!

메데이아 아이들은 이미 호흡하지 않고 차게 식어 부패한 지 오래다. 그 사실이 평생 네놈의 심장을 조를 것이다.

이아손 아니다. 아이들은 살아 있다. Oimoi(아아, 안 돼)! 아이들은 악령이 되어 너에게 복수하리라. 네가 아이들에게 한 짓 그대로!

메데이아 신들은 이 재앙의 올을 풀기 시작한 자가 누구인지 명백히 알고 계신다.

이아손 복수의 여신도, 정의의 여신도 반드시 네년을 벌할 것이다.

메데이아 그 어떤 신이 네 말에 귀를 기울일까! 거짓 맹세를 하고 정도를 위반한 자의 말을!

이아손 신이시여, 제가 아이들의 시신을 고이 묻으며 곡할 수 있는 자비를 베풀어주십시오!

메데이아 천만에! 나는 아이들을 아크로폴리스에 계시는 헤라 여신의 성역으로 데려가 이 손으로 그 신성한 곳에 고이 묻어줄 것이다.

이아손 pheu pheu(아아, 슬프게도), 자식을 살해한 여자! 더럽고 추하고 사악한 마녀!

메데이아 네 궁전으로 돌아가 싸늘하게 식어버린 새 신부나 땅에 고이 묻어주어라.

이아손 아아, 사랑스러운 아이들을 대체 왜 죽였나!

메데이아 내가 겪은 고통을 너도 겪어야 하기 때문이다.

이아손 아이들은 어디에 있느냐? 당장 아이들을 안고, 만지고, 입 맞추고 싶다.

메데이아 이제 와 소용없는 소리 말아라. 너는 아이들을 위해서라도 그러면 안 되었다.

이아손 아아, 신이시여! 내가 메데이아를 사랑하지 않았더라면! 그리고 자식들을 낳지 않았더라면! 그리고 신께서 아이들이 이 마녀의 손에 숨이 끊어지도록 놔두지 않았더라면….

코러스 인간들이 저지르는 수많은 일에 대해 옳고 그름을
판단하는 전능하신 신이시여, 신께서는 우리 인간이 기대
했던 바는 이루어주지 않고, 결국 예기치 못한 비극을 내
려주시었도다. 이 이야기는 이렇게 끝맺음한다.

〈메데이아〉, 에우리피데스

+ 바닷가 +

쉬지 않고 밀려오는 파도를 바라봤다. 파도는 높고 거 셌다가도 또 어떨 때는 낮고 잠잠했다. 그리고 그 위로 날 아다니는 갈매기들, 파도를 피해 웃으며 달려오는 아이, 함께 사진을 찍는 연인, 중년의 부부도 보였다. 구름이 거 의 모든 하늘을 뒤덮고 있었지만 비 소식은 없었다.

1년에 두세 번씩 꼭 오는 곳이었다. 시기를 정하고 찾아 오는 건 아니지만 지금까지 이곳에 왔던 날은 주로 가슴속 이 꽉 막힌 듯 갑갑함이 느껴지는 때였다. 오늘도 집에서 눈을 뜨자마자 왠지 모를 갑갑함이 느껴져 집 근처 카페라 도 갈까 하다가 아무래도 이 바다에 와야겠다는 생각이 들 었다. 대중교통으로 2시간 가까이 걸리는 곳이라 철저히 계획해서 오진 않더라도 이번처럼 충동적으로 온 적도 없 었다. 어젯밤 잠자리에 들 때만 해도 오늘 낮에 내가 이곳에 와 있을 거라고는 생각하지 못했다. 돌발적이긴 했어도 역시 동네 카페보단 바닷가의 카페가 훨씬 더 만족스러웠다. 나는 모래사장에 바로 붙어 있는 카페의 테라스 자리에 앉아 잔에 담긴 캐모마일 티를 한 모금 홀짝였다.

이런 곳에 오면 더 고독해지긴 한다. 이 바닷가에서 나를 제외한 모든 사람들이 즐겁고 행복해 보였다. 외로울 틈이 없어 보이는 그들과 달리, 눈에 보이지 않는 외로움과 공허가 나만을 감싸고 있는 것처럼 느껴졌다. 하지만 탁 트인 하늘을 바라보고 철썩이는 파도 소리를 들으며 느끼는 고독함은 오히려 마음을 평온하게 해주었다. 그래서 나는 이곳에 올 때마다 혼자 바다가 보이는 식당에서 칼국수를 먹고, 해변을 거닐며 바다 사진을 찍고, 카페의 테라스에 앉아 캐모마일 티를 마시고, 해가 질 때까지 바다를 바라보다 홀로 숙소에서 영화를 보며 1박을 보내고 다시 집으로 돌아간다. 지난번에도, 그 전에도 같은 식당, 카페, 모텔이었다. 이날도 마찬가지였다.

그래도 가끔, 이 외로움이 저주스럽게 느껴지기도 했다. 어쩔 수 없었다. 공허함과 외로움은 숙명이라고 받아들여야 했다. 그리고 앞으로 누군가와 함께하지 않고도 앞으로 잘 나아가는 방법을 터득해 나가기로 마음먹었다.

더 이상 해는 보이지 않고 하늘과 바다를 물들이고 있던 옅은 오렌지색의 여운만이 조금 남아 있을 때쯤 카페에서 나와 숙소로 들어왔다. 침대에 누워 의미 없이 휴대폰을 만지작대다 팔이 저려와 침대 위에 휴대폰을 들고 있던 팔을 털썩 떨어뜨렸다. 눈앞에 텅 빈 천장이 보였다. 그리고 어딘가에서 소리가 들려왔다. 마치 바로 앞에서 일어나는 일처럼 생생하게. 그리고 천장을 스크린 삼아 영상이 재생되기 시작했다. 영화의 몇몇 장면을 짧게 잘라낸 것 같은 단편적인 영상은 이렇게 멋대로 불쑥불쑥 재생되고 만다.

🐙

"…우리 그냥 여기서 그만하자."

한동안의 적막을 먼저 깬 것은 그였다. 예상한 말이었지만 심장은 내 의지와 상관없이 명치 아래로 묵직하게 내려앉았다. 동요한 걸 들키고 싶지 않아서 앞에 놓인 커피잔만 멍하니 내려다봤다. 어떤 말을 꺼내야 할지 몰랐다.

그의 말에 답을 해야 하는지, 한다면 무슨 말을 골라야 하는지도. 알겠다고, 그러자고 해야 할까. 아니면 다시 생각해 보는 게 어떠냐고 해야 할까. 그렇지만 둘 다 싫었다.

그의 마음이 식어가는 건 예전부터 알고 있었다. 처음부터 한쪽으로 기울어진 관계는 5년 넘게 사귀면서 무게추가 옮겨진 적이 없었다. 여전히 헤어지고 싶지 않은 나에게는 지금 이 상황에서 어떤 말이 오가든 비참할 뿐이었다.

커피 잔에 그려진 초록색의 인어 문양이 두 개로 겹쳐 보였다. 내가 한참을 가만히 있으니, 그의 한숨 소리와 머리를 쓸어내리는 소리가 들렸다.

"왜 아무 말이 없어? 나도 고민 끝에 내린 결정이야."

"…"

"할 말 없으면 나 이제 올라간다. 다시 일 하러 들어가야 돼."

"…"

"이런 말 먼저 꺼내서 미안해. 그런데 서로 너무 버거워진 지 오래인 것 같더라. 건강하게 잘 지내."

그는 손으로 내 어깨를 가볍게 누른 후, 평소보다는 조금 느리게 걸음을 옮겼다. 곧 문이 닫히는 소리와 여러 개의 작은 종소리가 울렸다. 그리고 울음은 집으로 돌아가는 도중에 만원 지하철 안에서 터졌다.

🌿

토요일 낮, 실컷 늦잠을 자고 해가 중천일 때 눈을 떴다. 이불 안에서 꿈지럭거리며 휴대폰 화면 안에서 무작위로 흘러나오는 짧은 영상들을 생각 없이 들여다보는데 전화가 걸려왔다. 고등학생 시절 내내 다녔고, 대학생 때부터는 아르바이트로 아이들을 가르쳤던 영어 학원의 부원장님이었다. 워낙 편하게 대해주던 분이기에 반가운 목소리로 받았다.

"여보세요. 부원장님!"

"전 선생님. 오랜만이에요. 잘 지냈어?"

"저야 뭐 별일 없이 잘 있죠. 부원장님도 잘 지내시죠? 요즘 학원은 좀 어때요?"

"전 선생님…. 안 그래도 원장님 일 때문에 전화했어요. 알려줘야 할 것 같아서…."

"네? 원장님 일이라뇨?"

"강 원장님… 어제 돌아가셨어…"

어떻게 전화를 끊었는지도 기억나지 않는다. 나는 바닥에 주저앉아 미친 사람처럼 울부짖었다. 한참을 같은 자세로 울었더니 나중엔 손이 굳어 움직이지 않았다. 울음이 그치지 않은 채로 주위에 있던 옷을 아무렇게나 걸쳐 입고서 부원장님이 알려준 병원의 장례식장으로 향했다. 택시를 타고 가던 도중에도 악몽 속에 갇힌 것 같아 현실처럼 느껴지지 않았다. 언제나 자상했던 원장님이 떠올랐다. 나이대가 엄마와 비슷했던 그는 독신이라 자식이 없어서 종종 나 같은 딸이 있으면 좋겠다고 말하곤 했다. 내가 고등학생 때, 열악한 집안 형편을 알고는 학원비도 받지 않았다. 나중에 대학생이 되면 학원에 돌아와 선생으로 일하며 갚으면 된다고 했지만, 선생 일을 할 때도 꼬박꼬박 월급을 다 주었다. 내 우울증 증세가 다시 심해져 학원을 그만둘 때에도 마음이 힘들면 언제든 전화하고, 다시 수업이 하고 싶어지면 편히 돌아오라고 말해주던 분이었다.

"저는 원장님이 제 엄마였으면 좋겠어요."

"나도 전 선생님이 내 딸이었으면 좋겠어. 아니면 우리가 전생에 엄마와 딸이었다가 이렇게 만난 건 아닐까?"

"그러게요. 제가 봐도 그런 것 같아요."

세 달 전쯤, 원장님의 생일에 둘이서 식사를 하고 케이크를 먹으며 나눴던 말이 떠오르자 다시 울음이 울컥 터져 나왔다.

"생일 축하해 줘서 고마워. 올해 전 선생님 생일에도 우리 또 맛있는 거 먹자. 알겠지?"

밝은 얼굴로 그렇게 말씀하시던 원장님은 국화꽃으로 장식된 액자 안에서 나를 맞았다.

🌸

"네가 뭔데 나한테 지적질을 해? 너랑 나랑 여태 동급인 줄 알았어? 진짜 기가 차서 웃음도 안 나온다. 다시는 너한테 연락할 일 없을 거야."

입에 잔뜩 욱여넣고 억지로 삼키는 도중 계속해서 나오던 헛구역질.

"엄마랑 아빠랑 이제 떨어져 지낼 거야. 그렇게 됐어. 당분간 할머니 집에서 지낼 수 있지? 엄마가 돈 많이 벌어와서 우리 딸 맛있는 것도 많이 사주고 인형도 많이 사줄게. 그러니까 할머니 말 잘 듣고 있어."

입에서 쏟아져 나와 바닥에 흩뿌려진 토사물. 녹지 않고 형태를 유지한 알약들.

"나 너 좋아하는 것 같아."

수줍던 얼굴. 죽기 직전에 꼭 한 번 더 듣고 싶었던 그의 목소리.

"전화를 받지 않아 삐 소리 후 음성 사서함으로…"

내 뺨을 마구 내리치던 엄마의 손바닥.

"왜 이렇게 엄마 말을 안 들어? 너까지 왜 이렇게 나를 힘들게 해? 응? 이 되바라진 년아. 이 썩을 년아. 응?"

내 옆으로 날아와 벽과 부딪히며 산산조각 난 컵.

"너는 애가 왜 그 모양이니? 왜 그렇게 사람이 비뚤어 졌어? 그것도 엄마 탓이라고 할래?"

유리 조각을 밟은 발, 그리고 발바닥에서 새어나오던 선홍색 피.

"나가! 당장 나가! 이 쌍년아!"

아빠의 거센 발길질. 숨이 잘 쉬어지지 않을 정도로 욱 신거리던 등과 옆구리.

"우리 하나밖에 없는 손녀. 내 새끼…"

수의를 입은 할머니의 창백한 얼굴.

"집에 부모님이 안 계시니?"

조금은 안쓰럽다는 말투로 나를 올려다보며 묻던 담임 선생님의 얼굴.

끈을 매달던 순간.

따스하게 안아주던 그의 몸. 두 개로 겹쳐진 커피 잔, 문에 달린 종소리.

흰 유골함, 그 옆에 작은 사진이 되어버린 강 원장님.

할머니의 몸이 타들어가기 시작하던 순간. 사방에서 터져 나오는 곡소리.

회색 가루 속에서 보이던 금니.

깊은 곳에서 무언가가 올라와 입 밖으로 왈칵 터져 나왔다. 나도 모르게 입이 찢어지도록 크게 벌어졌지만 처음에는 소리조차 나지 않았다. 다른 방에 들릴까 봐 이불을 뒤집어썼다. 얼굴이 불탄 듯 달아오르고 머리가 아득해지는 걸 느꼈다. 내 목에서는 짐승 같은 소리가 났다. 열 손가락 끝에서 시작된 저릿함이 점차 그 구역을 넓혀 갔다.

언제 잠들었는지, 다시 눈을 떴지만 앞을 보는 게 힘겨

울 정도로 눈이 뻑뻑했다. 방 안은 폭풍이 휩쓸고 지나간 듯 어둡고 고요했다. 휴대폰으로 시간을 보니 오전 1시가 막 지난 참이었다.

옆으로 웅크리고 있던 몸을 바로 누이고 천장을 바라보았다. 천장에는 아무것도 재생되고 있지 않았다. 창문 너머로 희미한 파도 소리가 들려왔다.

몸을 일으켜 욕실로 향했다. 거울 앞에 선 나는 내 얼굴을 자세히 살펴보았다. 눈은 잔뜩 부어 있어 눈꺼풀에 실핏줄이 다 보였고 속눈썹도 살짝 들려 있었다. 울다 자고 일어나면 항상 이 몰골이다. 그렇게 멍하니 거울 너머를 바라보다, 욕실에서 나와 옷걸이에 걸려 있던 코트를 걸쳤다. 그리고 신발을 신고 문 밖으로 나왔다.

쌀쌀한 바람에 팔짱을 끼고 몸을 잔뜩 움츠린 채 바닷가를 향해 터벅터벅 걸었다. 가까이 갈수록 철썩거리는 파도 소리가 점차 선명하게 들려왔다. 곧이어 눈앞에 드넓은 밤바다가 펼쳐졌고, 지치지도 않는 파도는 여전히 모래사장을 훑었다 나가기를 반복하고 있었다. 밤하늘에 떠 있는 샛노란 달은 보름달이라고 하기에는 조금 부족한 모양이었지만 꽤 밝았고, 검은 바다 위에 흩뿌려진 달빛이 일

렁이고 있었다. 나는 모래사장을 따라 파도 옆으로 천천히 걸었다. 지금 이 순간만큼은 오롯이 나만이 이 검은 밤바다를 온전히 소유한 것 같아 조금은 벅차올랐다. 아까 방 안에서 그렇게 울부짖었다는 게 생소할 만큼 내 앞에 펼쳐진 세상이 아름답고 평온하게 느껴졌다.

계속 걷다 보니 암초가 모인 곳이 보였다. 그곳은 빛이 닿지 않아 더욱 어두웠다. 여기까지만 걷고 다시 돌아갈까 고민하던 순간, 암초 위에 누군가 홀로 앉아 있는 것 같은 형체가 얼핏 보였다. 깜짝 놀라 심장이 살짝 내려앉는 듯했지만 시선을 돌리고 가려던 방향으로 다시 나아갔다. 몇 발자국 걸었을 때, 뒤에서 희미한 목소리가 들려왔다.

"저기요."

젊은 여자의 목소리였다. 뒤를 돌아보니 한 여자가 앉아 있는 모습이 아까보다는 조금 더 선명히 보였다.

"여기 혼자 오신 거예요?"

파도 소리에 그 목소리가 조금 묻혔지만, 알아듣기에는 충분했다. 나는 잠시 망설이며 뜸을 들였지만 결국 그 물음에 답했다.

"아, 네…. 잠깐 숙소 앞에 나와 본 건데 추워서 이제 들어가려고요.”

“그러시구나.”

“안 추우세요?”

“바닷바람이야 익숙하죠.”

여자의 목소리는 잔뜩 갈라져 있었다. 이 시간에, 아무
도 없는 어두운 바닷가에 혼자 있던 걸 보면 이상한 사람
이 아닐까 싶어 설핏 경계심이 들었다. 아무래도 가던 길
을 마저 가는 게 좋을 것 같았다.

“…저 이상한 사람 아니에요. 잘은 모르겠지만 뭔가 저
랑 비슷한 느낌이 들어서 한번 말 걸어봤어요.”

여자는 꼭 내 마음을 읽어낸 것처럼 말했다. 나는 어둠
에 조금은 익숙해진 눈으로 잠시 그의 얼굴을 바라보았다.
딱히 이렇다 할 특징은 없는, 길에서 한번쯤 스쳐지나갔을
것 같은 평범한 얼굴이었다. 나이는 내 또래로 보였다. 나
를 바라보는 얼굴에 표정은 없었지만, 경계심을 풀어도 된
다는 듯한 온화함이 느껴졌다.

나는 여자에게 물었다.

“뭐가 비슷한 느낌인데요?”

“그냥 좀… 슬퍼 보여서요. 한참 울었던 사람처럼.”

"이렇게 어두운데 멀리서도 제 표정이 보여요?"

"좀 실례되는 말이죠? 근데 그냥 느낌이 좀 그랬어요. 이 시간에 여기까지 오는 사람이 없기도 하고요."

"아니에요. 아까 제가 방에서 실컷 울고 나온 건 어떻게 아셨나 했어요."

멋쩍게 웃으며 말하자, 여자는 미간을 찌푸리며 안쓰럽다는 말투로 조금 목소리를 높였다.

"맞힌 거예요? 아이고. 진짜 울다 나오셨구나."

어린아이를 달래는 듯한 말투였다. 나는 잠시 머뭇거리다 그에게 물었다.

"…옆에 앉아도 될까요?"

"네. 바위 조심하세요."

그렇게 우리는 암초 위에 나란히 앉아 밤바다를 바라보았다. 나와 그의 사이에는 너무 좁지도, 너무 멀지도 않은 공백이 있었다. 그 사이로도 파도 소리가 지나다녔다.

"바다에는 왜 오신 거예요?"

여자가 물었다.

"그냥… 와야 할 것 같아서요. 가슴이 답답할 때, 가끔 이렇게 훌쩍 와요. 그리고 외로워서 와요. 이런 데 혼자 오면 더 외로워지지만요."

"외로워서 온다고요?"

"음… 말하자면 저를 극한의 외로움으로 끌고 오는 거죠. 저한테는 바다가 외로움 그 자체인 것처럼 느껴져요. 끝없는 수평선 위에는 하늘뿐이고, 그 광경을 바라보고 있으면 이 세상에 오롯이 나 혼자뿐인 것 같고, 늘 끊임없이 말을 건네지만 그 어떤 대답도 돌아오지 않는. 그런데 바다에서 느끼는 외로움이랑 사는 동네, 도시에서 느끼는 외로움은 좀 달라요. 바다를 보면 그래도 숨통이 트이는 것 같거든요."

"외로움 속의 외로움과 군중 속의 외로움. 이런 걸까요?"

"그 말이 딱 맞네요. 외로움 속의 외로움은 뭔가 안정이 돼요. 어떻게, 왜 그런지 명확히 이유를 설명할 순 없지만요."

여자는 맞장구를 치듯 고개를 위아래로 두어 번 흔들었다. 잠시 침묵이 흐르고, 여자가 다시 입을 열었다.

"혹시 무슨 일 있으셨던 거라면 제가 들어드려도 될까요? 어차피 서로 이름이나 나이 같은 건 모르니까. 어두워서 얼굴도 잘 안 보이기도 하고요."

어둠 속에서 거의 구분이 되지 않는 수평선을 바라보며 정말로 이 여자에게 내 얘기를 꺼내도 될까 하고 고민했다. 한동안은 내 속 깊은 곳의 말을 다른 누군가에게 털어놓은 적이 없었다. 정신과 의사에게까지도. 하지만, 왠지 이 사람은 괜찮지 않을까 하는 근거 없는 믿음이 느껴졌다. 그리고 어차피 다시 만날 일이 있을 것 같지도 않았다.

"…처음 보는 분 앞에서 이런 말 꺼내기 좀 민망하지만, 사는 게 진짜 쉽지 않네요. 부모도 절 버렸고, 사랑했던 사람, 친하다고 생각했던 주변 사람도 하나둘 떠나가요. 저를 버리고 간 사람들도 있고, 제가 떠나보낸 사람들도 있고, 아예 세상을 떠난 사람들도 있고…. 가장 마지막에 사귀었던 사람은 꽤 오래 만났는데, 정말 쉽게 헤어졌어요. 그 긴 시간 동안 과연 나를 좋아하긴 했을까 싶더라고요."

"아마 서로 잘 안 맞았던 거겠죠. 인연이 아니었거나. 아니면 또 그 사람한테 새 사람이 생겼거나."

"그러게요. 그 세 가지 전부였던 것 같기도 하네요. 아무튼 5년 동안 서로가 가장 친밀했던, 가족 같은 사이였는데 끝은 정말 허무했어요. 그 사람이 먼저 그만하자고 말을 꺼냈고, 저는 그 말에 아무런 대꾸도 못 했어요. 그리고 그 사람은 제 한쪽 어깨를 만진 다음에 잘 지내라면서 나가버렸어요. 저는 그 사람한테는 결국 마지막 인사를 안 했고요. 그때 우리는 거기서 그렇게 끝났어요. 그런데, 그게 벌써 4년 전 일인데 아직도 이 한쪽 어깨에 그 사람의 손길이 남아 있어요. 끈질기게 들러붙어 있는 손아귀의 망령처럼요."

"그 망령이 여전히 떨쳐지지 않은 거네요."

"맞아요. 아직도 지금 이 한쪽 어깨에 묵직하게 얹혀 있는 것 같아요. …그 사람뿐만 아니라 제발 이 사람만큼은 평생 내 곁에 있었으면 좋겠다고 생각했던 사람도 결국 절 떠났어요. 정확히는 돌아가신 거지만요."

"그 사람은 어떤 사람이었어요? 어쩌다 돌아가신 거예요?"

"그분은 제가 엄청 따르고 존경하던 선생님이었어요. 저는 어릴 때부터 영어를 되게 잘하고 싶었어요. 하나를 잘한다면 영어를 잘해서, 해외로 나가든가 해서 부모한테서 벗어나고 싶다는 생각이었던 것 같아요. 고등학생이 되고 동네 영어 학원을 다니기 시작했는데, 거기 원장 선생님이 저를 되게 잘 챙겨주셨어요. 제 가정 형편을 아셨는지 저한테는 학원비도 안 받으셨거든요. 나중에 제가 대학 가고 나면 여기서 무급으로 가르치게 할 거라고 장난스럽게 말씀하기도 했지만, 결국 제가 대학에 들어가고 그 학원에서 일할 때 월급도 다 꼬박꼬박 주셨어요. 저는 그러면서 생활비를 마련했고, 학자금 대출도 다 갚았어요. 졸업하고 나서도 한동안 거기서 일했는데 선생님께 너무나 감사한 마음에 저도 정말 열심히 했어요. 그러면서 스승과 제자, 사장과 직원 관계를 넘어서 선생님과 저는 돈독한 관계가 되었어요. 같이 여행도 여러 번 갔고, 오랜 시간을 함께 보내면서 많은 대화를 주고받았어요. 위로와 격려를 받기도 했고, 해드리기도 했어요."

"그분이 어떤 때에는 너그럽고 자상한 엄마 같고, 든든한 큰언니 같기도 하고, 오래된 친구 같기도 했겠네요."

"맞아요. 정말 그랬어요. 그러다 제가 여러 사람들과의 관계 때문에 우울증이 심해져서, 더 이상 수업을 할 수가 없을 것 같아서 일을 관두게 됐어요. 그 후에도 선생님은 저한테 종종 만나자고 해주시고, 생활비도 챙겨주시면서 저를 살펴주셨어요. 언제든 학원으로 돌아오라고 하셨고요. 그런데 어느 날 갑자기 부원장님이 전화가 와서는, 그 원장 선생님이… 돌아가셨다고 하는 거예요. 전화 받은 날 선생님이 출근을 안 하셔서 댁에 찾아갔더니 이미 돌아가신 상태였대요. 그런데… 부원장님이 저한테 선생님의 사인을… 정확히 안 알려주시더라고요…"

순간, 울컥함이 올라와 목이 메었다. 하지만 이미 잔뜩 쏟아낸 탓인지 더 이상 눈물은 나오지 않았다. 여자는 계속해서 가만히 듣고 있었다. 나는 다시 숨을 고르고 말을 이었다.

"부모 대신 저를 키워준 우리 할머니는 저 아기 낳는 건 꼭 보고 갈 거라고 하시더니 제가 성인이 되기 전에 뇌출혈로 갑작스럽게 돌아가셨고요. 무엇보다 제 안에 있는 근원적인 우울은 아무래도 부모로부터 시작된 것 같아요. 어릴 때부터 조금만 잘못하면 그 사람들한테 많이 맞았어요. 엄마는 제가 밤에 소리 내서 웃기라도 하면 시끄럽다고 저한테 밥그릇이나 컵을 던졌고, 아빠는 일찍 안 잔다고 절 구두주걱으로 때렸어요. 그렇게 때리면 퍽이나 더 일찍 자겠어요. 그죠? 그리고 두 사람은 제가 초등학생 때 갈라섰어요. 그것도 부모라고 그때 제 정신이, 제 자아가 둘로 쪼개지는 느낌이 들더라고요. 엄마는 돈 많이 벌어서 맛있는 거 많이 사주겠다더니 결국 어떤 아저씨랑 새살림 차렸고, 아빠랑은 제가 성인 되고 나서는 연락한 적이 없어서 어디서 뭘 하고 사는지도 몰라요. 엄마는 가끔 돈 급할 때나 전화 오고요. 그때 그렇게 둘로 쪼개진 게 여태 붙질 않고 있어요. 그리고 종종, 아니 거의 매 순간 저는 선생님과 할머니가 누워계신 관이 화장터로 들어가던 순간이 떠올라요. 제일 의지하고 사랑하던 사람들이 결국 한 줌…"

다시 목이 메어 말을 이을 수가 없었다. 나는 헛기침을 하며 목을 가다듬고 다시 말을 이었다.

"그럭저럭 친했던 친구들도 결혼하고 아기 낳고 하면서 연락이 뜸해졌어요. 다들 약속이라도 한 것처럼, 순서라도 정한 것처럼 저한테서 하나둘 떠나가네요. 내가 뭘 그렇게 잘못해서 이런 불행들이 끊임없이 이어지는지, 왜 다들 나를 떠나가는지, 왜 나는 매번 비참하게 버려지는지, 왜 이렇게 항상 외로움을 안고 살아가야 하는지 모르겠어요. 이 끊임없는 불행과 외로움이 저한테 무슨 의미가 있는지도요."

입술을 꽉 깨물었지만 결국 눈물이 터져 나오고 말았다. 음 소거 모드가 해제된 듯, 먹먹한 귀에 파도 소리가 다시 들려오기 시작했다. 한동안 말이 없던 여자가 입을 열었다.

"아마… 모두가 똑같지 않을까요?"

나는 소매로 눈물을 닦으며 이어질 말을 기다렸다.

"정도의 차이는 있겠지만 행복이나 행운만 꾸준히 이어지는 사람이 어디 있겠어요. 들여다보면 다들 비슷비슷할 거예요. 불행의 연속이다가, 가끔 행운이 찾아오고, 고통과 슬픔만 느끼는 것 같다가도 가끔 행복을 느낄 일이 생기고 그렇잖아요. 그리고 이 세상에 안 외로운 사람은 없을걸요. 겉으로 행복해 보이는 멀쩡한 사람들도 다 속으로는 외로움이나 고통을 안고 있을 거라고 저는 생각하거든요. 혼자만 외롭다고 생각하지 마세요. 다 똑같이, 비슷하게 외로울 거예요."

그 말을 듣고 나는 목을 가다듬은 다음, 이번에는 내가 그에게 말했다.

"너무 제 얘기만 장황하게 늘어놨네요. 좋은 얘기도 아니어서 들어주시느라 힘들었을 것 같은데…. 그러면 그쪽

은요? 무슨 일이 있어서 이 늦은 시간에 혼자 여기에 앉아 있었던 거예요?"

"저야 근처에 살고 하니까 자주 혼자 여기에 나와 있어요. 그리고 정말 신기하게도 그쪽이 여태 말씀하신 거랑 저랑 되게 사정이 비슷해요. 어릴 적에 부모가 떠나간 것부터, 사랑하던 사람과의 이별이나, 친구나 지인과의 이별…. 그래서 듣는 내내 신기하더라고요. 어쩜 이렇게 비슷하나 싶어서. 사실 종종 죽어버리고 싶다, 이러다 진짜 죽겠다 하는 생각이 들 만큼 힘들었고 이미 여기가 지옥이 아닐까 싶을 정도로 괴로웠는데 하시는 얘기 들으니까 남들도 다 그렇게 사는구나 싶어서 좀 위로가 됐어요."

"그렇군요…. 마찬가지로 힘든 일이 많으셨나 보네요."

"어쩌면 우리 같은 사람이 너무 많은 걸 거예요. 이렇게 비슷한 사람들이."

"모든 사람이 이렇게 외롭다면 다들 어찌 그렇게 악착같이 살아가는 걸까요."

"어쩔 수 없이 살아가는 거 아닐까요. 삶에 대한 큰 목적이나 이유 없이. 아니면 뭔가 아주 작은 행복이라도 언젠가 나타나지 않을까 하고 기대하는 마음으로?"

"저는… 이제 지칠 대로 지쳐서 기대감 같은 건 없어졌어요. 가끔은 죽어야 이 외로움이 끝나나 싶기도 해요."

"…혹시 시도해 본 적이 있어요?"

"네. 번번이 실패하긴 했지만요. 근데 막상 죽는 것도 무섭더라고요. 죽으려고 시도는 해봤는데 너무 아프고 괴로울까 봐…."

그 말을 하면서 나는 살짝 소매를 걷고 내 손목에 새겨진 여러 겹의 흉터를 내려다보았다. 항상 지니고는 있었지만 오랜만에 보는 것이었기에 문득 이 흉터들이 생소하게 느껴졌다. 잠시 아무 말 않고 있던 여자가 뒤늦게 입을 열었다.

"그 마음 너무 잘 알아요."

"…제발 고통도 느끼지 않고 이대로 공기가 되어 형체도 남지 않고 사라졌으면 하고 언제나 바랐어요. 매번 잠이 들 때마다 이번 잠을 마지막으로 영영 깨어나지 않길 바라는 것도 다 부질없는 생각이었어요. 그래서 내가 나를 직접 죽이려고 그렇게 애를 썼는데도 지긋지긋하게 죽지도 않고. 바퀴벌레마냥."

그렇게 말한 후 나는 헛웃음을 내뱉었다.

"외로움에 지면, 더 외로워질 거예요."

여자가 나를 향해 고개를 돌리고 내 눈을 바라보며 말했다. 여자의 그 눈빛에는 공허함과 동시에 의연함이 느껴졌다. 내가 물었다.

"그럼 외로움에 지지 않으려면 어떻게 해야 할까요…?"

"그냥 뭐… 받아들이고 외로워하는 거죠. 아, 인생은 외로운 거구나. 이게 인생이구나, 하고."

"하긴, 누구랑 평생 같이 붙어있다고 해서 평생 안 외로울까요."

"진짜 어쩔 수 없는 것 같아요. 그건 우리가 뭐 어떻게 할 수 없는 그런, 인간이라면 지닐 수밖에 없는 숙명일지도요."

그의 말에 나는 고개를 위아래로 두어 번 끄덕였다.

잠시 침묵이 흘렀다. 차가운 바람에 몸이 덜덜 떨려왔다. 두 손을 모으고 그 안에 입김을 불며 그에게 말했다.

"아, 춥다. 안 추우세요?"

"그러게요. 춥네요."

"그럼 이만 슬슬 들어갈까요? 잠깐이지만 얘기 나눠서 즐거웠어요. 되게 어두운 얘긴데도 공감하면서 들어주셔서 고맙습니다."

"저도 즐거웠어요. 속 깊은 얘기 해줘서 고마워요."

"집이 어디세요? 저는 숙소가 여기 근처라 금방 가요."

"저도 바로 근처예요."

"그럼 조심해서 들어가시고 푹 주무세요."

우리는 함께 자리에서 일어나 반대편에 있는 각자의 목적지로 향했다. 아까는 보이지 않았던, 멀리서 불을 반짝이는 배 한 척이 바다 저 멀리에서 희미하게 보였다. 그도 잘 돌아가고 있을까 싶어 가는 길에 뒤를 돌아보았다.

그러자 그 여자가 바다로 들어가고 있는 모습이 보였다. 이미 두 발은 물에 잠긴 상태였다. 이 추위에 바다로 들어간다는 건 스스로 목숨을 끊겠다는 것 말고는 다른 의미가 없었다.

"지금 뭐 하시는 거예요!"

나는 크게 외치며 그가 있는 쪽으로 재빠르게 달려갔다. 신발이 물에 잠기든 말든 상관할 겨를이 없었다. 꽁꽁 얼 것 같은 차가운 바닷물에 다리를 밀어 넣으며 여자를 향해 다가갔다. 첨벙대는 소리와 함께 바닷물이 얼굴과 몸에 마구 튀었다. 점차 여자의 뒷모습에 가까워졌고 팔을 뻗어 붙잡으려 하는 순간, 거세게 파도가 쳤다. 나는 파도에 휩쓸려 중심을 잃고 얕은 바다에 넘어지고 말았다. 파도가 지나간 후, 물속에서 몸을 일으켜보니 눈앞에는 아무것도, 아무도 보이지 않았다. 파도는 거짓말처럼 잠잠했다.

숙소로 들어온 나는 흠뻑 젖은 옷을 모두 벗고 드라이어로 말렸다. 온통 젖은 몸에 밤바람까지 맞았더니 실내에 있어도 너무 추워 온몸이 덜덜 떨렸다. 드라이어 소리에 다른 방에서 항의가 들어올까 걱정이 되긴 했지만 얼른 말려두지 않으면 내일 축축한 옷을 입고 퇴실해야 할 판이었다. 하지만 금방 마를 것 같지 않아 결국 가운을 입은 채 1층으로 내려갔다. 카운터 겸 방 안에 잠들어 있던 주인에게 사정을 설명하고, 세탁실에 있는 건조기에 젖은 옷들을 넣고 방으로 돌아왔다.

이불 속에 들어와 텔레비전을 켰다. 채널을 몇 번 돌린 다음 농촌을 배경으로 어떤 중년 남자가 인터뷰 질문에 답하는 장면에서 생각 없이 손을 멈추었다. 그리고 멍하니 화면을 바라보았다. 아까 겪은 일이 꿈인지 현실인지 구분이 되지 않았다. 여자와 나눈 말들, 바닷속으로 걸어가던 여자의 마지막 모습, 거센 파도가 지나간 뒤 잠잠해진 파도. 점점 가물거리는 정신으로 여자의 얼굴을 떠올려 보려 했지만 이상하게도 아무것도 떠오르지 않았다. 1시간도 채 지나지 않았는데 이럴 수 있을까.

계속해서 화면을 바라보다 나도 모르게 잠이 들었고, 꿈속에서 암초에 앉아 대화를 나누는 여자와 나를 본 것 같다. 형체는 분명히 둘이었는데, 꼭 한 사람 같았다. 나조차 구분하기 어려울 정도로 둘의 뒷모습은 닮아 있었다.

방 안으로 쏟아진 햇살에 눈이 부셨다. 시간을 확인해 보니 아직 퇴실 시간까지는 4시간 정도 남아 있었다. 나는 침대 옆에 있던 전화기의 1번을 눌렀다.

"예, 말씀하세요."

"저 어제 젖은 옷 맡긴 사람인데요…. 너무 죄송한데 혹시 문 앞에 가져다주실 수 있나요? 가운 입고 또 나가기가 좀 그래서요."

"예, 금방 갖다 드릴게요."

잠시 후, 노크 소리가 들렸고, 문 앞에는 물기가 조금도 남지 않은 옷들이 검은 비닐 봉투에 담긴 채 놓여 있었다.

빠른 걸음으로 복도를 걸어가는 소리를 뒤로하며 봉투를 방 안으로 가져왔다.

숙소에서 나온 나는 다시 바닷가를 혼자 걸었다. 하늘은 거짓말처럼 맑았고, 밝게 타오르고 있는 해는 따스한 햇볕을 마구 내리고 있었다. 밤바다와는 달리, 이제 모래사장에는 곳곳에 사람들이 적지 않게 있었다. 계속 걷다 보니 여자와 함께 앉아 있었던 암초에 다다랐다. 그 자리에는 아무도 없었다.

좀 더 앞으로 나아갔다. 여전히 해변 곳곳에 연인들과 아이를 동반한 가족들이 보였다. 나를 제외하고는 모두 둘 이상이었다. 그리고 나를 중심으로 내 왼편에는 모두 비슷비슷한 외관의 횟집과 슈퍼마켓, 모텔 건물 등이 이어지고, 오른편에는 모래사장과 바다가 이어지고 있었다. 그리고 그 모든 것들의 위에는 푸르고 드넓은 하늘이 펼쳐져 있었다.

눈이 부셔 가늘게 뜬 눈 사이를 비집고 눈물이 터져 나왔다. 지금 이 순간, 나도 유령이 아닐까 하는 생각이 들었다. 결국 다들 곁을 떠나가고 혼자만 남겨져서, 이제는 아무도 내 존재를 모르고, 누구에게 어떤 의미도 남기지 못

하고, 홀로 떠돌아다니며, 계속 혼자여야만 하는 유령. 고장 난 수도꼭지처럼 줄줄 흘러내린 눈물은 바닷바람에 금세 차게 식었다.

하지만 계속해서 새어 나오는 눈물은 따뜻한 걸 넘어 뜨겁기까지 했다. 새삼 눈물이 이렇게 뜨거운 것이었나 싶었다. 가만히 서서 그대로 물줄기가 흘러내리도록 두었다. 햇살은 계속해서 나를 비추고 있었고, 나는 사무치는 외로움이 이 가슴을 마구 후벼 파도록 두었다.

내리사랑

"그럼 수상자를 발표하겠습니다. 올해 여자 신인상 수
상자는… 장소영 씨, 축하드립니다!"

수많은 폭죽이 동시에 터지듯 사방에서 박수갈채가 터
져 나왔다. 단상 옆 커다란 화면에 내 얼굴과 이름이 비쳤
고, 나는 환한 미소를 지으며 자리에서 일어났다. 주위에
앉은 동료 배우들도 나와 함께 일어나서 박수를 쳐주고,
내 어깨와 등을 토닥여주었다. 나는 한 손으로는 드레스를
살짝 잡아 올리고, 다른 한 손은 작은 핸드백을 쥐고서 단
상 앞으로 걸어 나갔다. 한 걸음씩 신중하고 조심스럽게
걸어 단상에 올라 스탠딩 마이크를 고쳐 잡는 순간까지 나
를 향한 박수는 계속되었다. 수상 소감을 위해 입을 떼자,
박수는 잦아들었고 나를 위한 고요함이 내려앉았다. 이 넓
은 곳에 수많은 사람이 모여 있는데도 이토록 고요할 수

있나 싶을 정도로.

"어… 우선 이렇게 큰 상을 받게 되어서 너무 감사하고 기쁜 마음입니다. 이 자리에 올 수 있게 해주신 우리 감독님과, 스태프분들, 매니저분과 스타일리스트분들, 동료 배우분들, 팬분들, 저희 소속사분들…. 정말 많은 분들로부터 도움을 받았습니다. 진심으로 감사드립니다."

잠시 숨을 고르자 다시 박수갈채가 터져 나왔다. 나는 미소를 지어 보였고, 박수 소리가 잦아든 후 다시 소감을 이어갔다.

"무엇보다, 사랑하는 우리 엄마. 하나뿐인 우리 엄마. 이 세상에서 나를 가장 사랑해 주는 사람. 나도 엄마를 너무나도 사랑하고, 그리고… 너무나도 증오해."

장내가 찬물을 끼얹은 듯 조용해지더니 이내 술렁임이 점점 커졌다. 수많은 눈이 흔들리는 것이 멀리서도 여실히 보였다.

"엄마, 지금 보고 있지? 잘 지켜봐."

　"엄마는 너밖에 없어. 엄마 인생에는 오로지 소영이 너뿐이야."

　길지 않은 삶 동안 내가 엄마에게서 가장 자주 들은 말이다.

　내가 기억하는 가장 오래된 기억은, 엄마 품에 안겨 젖을 먹던 순간이다. 갓난아기 때 기억이 어떻게 있느냐고 누군가는 물을 수도 있지만, 내 머릿속엔 분명히 그 순간이 사진처럼 존재했다. 그때의 나는 세상의 빛을 본 지 얼마 안 된 한두 살 정도의 어린 나이였을 것이다. 그리고 그런 나를 내려다보는, 생머리에 지금보다 훨씬 매끈하고 어린 엄마의 흐릿한 얼굴과, 내 몸을 토닥이던 다정한 손길도 어렴풋이 기억난다. 하지만 아빠에 대한 기억은 거의 없다. 엄마와 아빠는 내가 일곱 살 때까지 같이 살다가 이혼했다고 한다. 나는 갓난아기 시절은 조금이나마 기억을 하면서도, 그보다 더 시간이 지난 후의 아빠에 대한 기억이나 추억은 잘 떠올리지 못한다. 그저 유치원에서 막 집으로 돌아왔을 때 본, 아빠가 안방에서 엄마를 마구 때리고 짓밟던 장면 하나만이 아빠에 대한 기억으로 남아 있을 뿐이다.

　엄마가 아빠와 이혼한 후 엄마와 나는 한 평짜리 마당이 딸린 반지하 주택에 세 들어 살았다. 부엌이나 다름없는 좁은 거실과 작은 방 두 개, 세면대도 없는 화장실이 있던 그 집에는 해가 잘 들지 않았고, 전에 살던 곳보다 더 퀴퀴한 냄새가 났다. 바퀴벌레와 정체를 알 수 없는 이상한 벌레들도 자주 보였다. 그 집에서도 나는 엄마의 젖을 끊지 못했다. 주로 엄마가 먼저 나를 불러 젖을 물리려 했고, 나도 당연한 듯 엄마 품에 파고들어 금세 젖꼭지를 찾아 물었다. 이미 엄마에게서 젖은 나오지 않았지만 그 품에 안긴 채 엄마가 흥얼거리며 불러주는 동요를 들으면서 젖을 물고 있으면 나도 모르는 새 잠에 빠지곤 했다. 그렇게 나는 초등학교 6학년 때까지 엄마의 젖을 떼지 못했다. 그러다 어느 날 학교에서 친구들과 더 어렸을 때 이야기를 나누는데, 지금도 엄마의 젖을 빨고 있다고 말하니 친구들이 눈을 크게 뜨고 소리를 지르며 경악스러워했다. 이상한 아이 취급하는 것만 같은 그 반응에 그제야 뭔가 잘못되었다는 것을 알았다. 그날 나는 집에 돌아가자마자 친구들과

한 얘기를 엄마에게 전하며 이제 젖을 끊겠다고 선언했다. 그러자 엄마는 서운한 티를 잔뜩 내며 말했다.

"그 순간이 엄마랑 우리 딸이랑 제일 깊이 교감할 수 있는 순간인데, 좀 아쉽네. 우리 딸이 끊겠다면 끊어야지."

친구들은 내가 열세 살이 될 때까지 젖을 떼지 못했다는 이유로 엄마가 그동안 많이 힘들었을 것이라며 불쌍하다고 했지만, 정작 나는 그때 그렇게 말하는 엄마의 표정을 보며 친구들과는 다른 의미로 엄마에게 불쌍함과 미안함을 느꼈다. 그래도 여전히 나는, 옆에 내가 없으면 잠에 들지 못하는 엄마와 매일 함께 잠들었다.

중학생이 되어도 나를 향한 엄마의 애정과 관심은 여전했다. 아니, 집착이라고 할 만큼 더욱 심해졌다. 집에서 학교까지 걸어서 10분 거리를 엄마는 매일같이 데려다주고 데리러 왔다. 나는 친구들과 같이 등하교를 하고 싶었지만 엄마는 나를 학교 앞까지 안전하게 데려다주며 느끼는 뿌듯함과 수업을 마치고 교문에서 나오는 나를 기다리는 즐거움이 일상의 유일한 낙이라고 말했다. 그런 엄마에게 데리러 오지 말라고 차마 매정하게 말할 수 없었다. 결국 나는 학생들 사이에서 엄마로부터 과잉보호를 받는 아이라는 꼬리표가 생겼다. 친구들의 시선과 족쇄나 다름없는 엄마의 과잉보호가 너무나도 싫었던 나는 참고 참다 어느 날 엄마에게 소리를 지르며 등하교 때에는 제발 혼자 알아서 다닐 수 있게 두라고 했다. 그러자 엄마는 망연자실한 표정을 지으며 힘없이 말했다.

"그래… 알겠어. 우리 딸이 그렇게 싫다는데 엄마가 그만 해야지."

엄마는 그 말을 하고 나서 갑 티슈를 가져와 한 시간 넘게 울었다.

등하교 문제로 엄마와 크게 한번 다툰 뒤로는 나름대로 평온한 날들이 이어지는 듯했다. 내 의사를 존중해 주려는 엄마를 보고, 이전까지는 내가 너무 어려서 걱정되는 마음에 간섭이 심했던 거라고 이해하기로 했다. 그게 나의 순진해 빠진 착각이란 걸 깨달은 건 다음 해 여름이었다.

중학교 2학년이 된 나는 같은 반에서 소위 질이 좋지 않은 친구들과 어울리게 되었다. 어른들의 시각에서는 하지 말라는 짓만 골라서 하고 일탈을 즐기는 문제아라고 생각할 수 있었겠지만 그때 우리는 서로가 필요했다. 엄마의

심한 집착으로 친구를 잘 사귀지 못했던 나를 포함해 알코올중독인 아빠가 있는 A, 바람이 난 엄마가 꼴도 보기 싫다는 B, 늘 폭행을 일삼는 오빠가 있는 C 등 비슷한 아픔을 가진 우리는 서로 아픔을 공유하고 위로하며 의지할 수 있었다. 좁은 집에서 엄마와 둘이 있는 시간이 참을 수 없이 답답하고 고통스러워졌고, 밖에서 친구들과 함께 있으면 그나마 숨통이 트였다.

그 친구들과 어울리기 시작한 뒤로 나는 방과 후 집에 바로 들어가지 않고 시내를 싸돌아다니거나, 노래방, 오락실 등을 전전하며 시간을 보냈다. 처음에는 학교를 마치고 두세 시간 정도만 놀던 게 점점 더 시간이 늘어났다. 저녁 시간이 지나 막차가 끊기기 직전에 귀가하거나, 결국 친구네 집에서 자고 가는 일도 종종 생겼다. 엄마는 남의 집에서 자고 오는 짓을 하지 말라며 다그쳤지만, 그때의 나는 더 이상 엄마의 말에 순응하고 싶지 않았다. 친구들과 함께 있는 시간은 죄책감이라는 독이 든 꿀처럼 달콤했다.

그날도 주말이 되어 친구의 집에서 다 함께 잠을 자고 다음 날 점심때가 되어서야 집으로 향했다. 내가 현관을 열고 집에 들어선 순간, 엄마는 거실 한가운데에서 의자

위에 올라선 채로 거실 등에 매어둔 끈에 목을 밀어 넣고 있었다. 나는 너무 놀라 신발도 벗지 못하고 달려가 엄마의 몸을 밑에서부터 받쳐 들었다. 엄마는 그런 나를 한참을 가만히 내려다보다 입을 열었다.

"딸, 엄마 죽일 거 아니지? 이제 그만 울고 바닥에 내려줘."

엄마를 내리고 침대에 눕힌 후, 나는 다시는 친구의 집에서 자고 오지 않겠다고, 아니 만나지도 않겠다고 약속했다. 언제 죽으려 했냐는 듯 평온한 숨소리를 내며 잠들어 있는 엄마를 확인하고 방으로 돌아갔다. 책상에는 엄마의 짧막한 유서가 놓여 있었다.

소영아. 사랑하는 내 딸, 내 삶의 이유인 소영아.

소영이가 엄마를 더 이상 보려 하지 않고, 엄마 말을 들으려 하지 않는 게 너무 가슴이 아프다.

당장 죽어버리고 싶을 만큼.

너에게 엄마가 더 이상 필요 없다는 사실을 받아들이기 괴롭구나.

엄마는 죽어서도 영원히 너를 사랑할 거야.

— 소영이를 사랑하는 엄마가

엄마의 자살 기도 이후 나는 약속대로 친구들과 멀어졌다. 친구들은 내가 눈에 띄게 자신들을 피하자 처음에는 의아해했고, 그다음에는 나를 걱정했다. 무슨 일 있냐는 친구들의 메시지를 본 엄마는 나인 척 쌍욕과 함께 다시는 연락하지 말라는 답장을 보냈고, 진실을 알 리 없는 친구들은 결국 분노하여 나를 배신자 취급했다. 분노는 나를 무시하고 연을 끊는 정도로 끝나지 않았다. 한창 또래들과 함께 어울리는 것이 중요한 시기에, 나는 그 친구들의 주도하에 반에서 따돌림을 당하게 되었다. 평생 함께하고 싶을 만큼 좋아했던 그 아이들이 그때부터는 악마처럼 느껴졌다. 그런 내가 걱정된다며 엄마는 다시 학교로 나를 데려다주고, 데리러 왔다. 내가 누구 때문에 학교에서 혼자 다니는지 빤히 알면서 엄마는 아무것도 모르는 척, 나를 안쓰러워했다.

다행히 학년이 올라가고는 예전 친구들과 반이 달라졌다. 같이 다닐 친구가 한 명 생기긴 했지만 반에서 존재감이 없고 조용하기만 한 그 애는 나와 잘 맞지 않았다. 우리는 둘 다 삼삼오오 뭉쳐 다니는 아이들 속에서 혼자 있고 싶지 않았을 뿐이었다. 주변 눈치 보지 않고 목을 빳빳하게 세우고 다니던 내가 쥐 죽은 듯 조용하게 지내니, 나를 대하는 아이들의 태도도 달라졌다. 무엇을 하든 나를 비웃고 무시하는 아이들의 눈길과 목소리가 사방에서 들려오는 것 같았다. 자격지심이고 피해 의식이라고 생각하려 했지만, 불운하게도 그중 절반은 사실이었다.

같이 다니던 친구들을 배신하고, 아직도 엄마와 등하교를 한다는 소문은 고등학생이 되고 반에서 혼자 다녀도 끈질기게 나를 따라왔다. 어느새 나는 혼자가 더 익숙해졌다. 보이지 않는 반의 서열에서도 논외인 학생, 우연히 길에서 마주쳐도 같은 반인지조차 알아보지 못할 동급생. 나라는 존재 자체가 점점 희미해지는 것만 같았다.

답답했지만 내가 할 수 일은 많지 않았다. 주변의 멸시에서 비롯된 무관심에 이미 익숙해진 나는 공부에라도 매진하기로 했다. 공부에 전혀 흥미가 없던 내가 친구와 주변 시선, 이 두 가지를 완전히 포기하고 내려놓은 이후에는 나름 학업에 집중이 잘 되었기 때문이다. 이후 다시는 겪고 싶지 않은 지겨운 수험 생활을 거쳐, 정시로 지원한 대학 세 군데에 전부 합격했다. 모두 그리 맘에 들진 않았지만, 두 곳이 집과 멀지 않아 통학하기 충분한 거리에 있었다. 그나마 가장 수준이 높은 학교가 집에서 차로 2시간 이상 떨어진 곳에 위치했기에 그곳에 다니려면 자취를 해야 했다. 하지만 생활력도 없고 일도 하지 않는 엄마 대신 여태 외할머니가 엄마와 나를 책임졌다는 걸 알기에 고민이 되었다. 결국 나는 어느 학교로 가면 좋을지 엄마에게 의견을 구했다.

"당연히 레벨이 가장 높은 데로 가야지. 그 학교 근처 월세방으로 같이 이사하자. 엄마도 가면 일자리 좀 찾아볼게."

유치원 때부터 학창시절 내내 살았던 반지하 집을 떠나, 엄마와 함께 학교 근처 투룸으로 이사했다. 나는 대학교 새내기가 되었고, 엄마는 일자리를 찾지 않고 계속해서 할머니로부터 돈을 받아 생활했다. 그리고 나도 아르바이트를 못 하게 했다.

입학한 지 며칠 되지 않았을 때였다. 캠퍼스 안을 홀로 다니던 중에 동아리를 홍보하던 부원의 손에 이끌려 관심도 없던 연극 동아리에 들게 되었다. 그리고 동아리 사람들과 함께 연극을 보러 다니고, 직접 연극을 기획하기도 하고, 연기 연습을 하는 동안 점점 연기에 대한 흥미가 생기기 시작했다. 그러다 보니 동아리 부원들과 만나는 일도 잦아졌다. 그중 네 살 위 선배가 자꾸만 눈에 들어왔다. 다정하고 주위 사람을 잘 챙기는 모습이 또래 남자애들에게선 찾아볼 수 없는 신선함을 주었다. 선배도 나에게 마음이 있다는 걸 주위 사람들에게 전해 듣자 설레는 마음을 감출 수 없었다. 내가 좋아하는 사람이 나를 좋아한다는 사실은 엄청난 짜릿함을 안겨주었다. 우리는 짧은 썸을 탄 뒤 선배의 고백으로 연인이 되었다. 그렇게 나에게 인생 첫 남자 친구가 생겼다. 그 남자 친구와의 데이트나 동아리 사람들과의 술자리로 집에 늦게 들어갈 때면 엄마는 잠도 자지 않고 나를 기다리고 있었다. 엄마 생각이 안 난건 아니었다. 또래 친구들과 친하게 지내는 것도 못 견뎌한 엄마가 남자 친구를 이해해 줄까 하는 걱정이 계속 떠올랐지만 그때로부터 벌써 몇 년이나 지났고, 이제는 스무살이 넘은 어엿한 성인이니 괜찮을 거라며 불안한 마음을 애써 외면했다. 엄마가 차라리 욕을 하고 때리기라도 하면 죄책감을 덜 느낄 텐데, 걱정과 서운함이 잔뜩 묻은 엄마의 얼굴을 마주할 때마다 또다시, 보란 듯이 극단적인 선택을 할까 두려웠다. 그러나 더 이상 엄마를 걱정하기보다는 이 즐거운 대학 생활을 실컷 즐기고 싶었다. 연극 동아리를 통해 연기가 굉장히 즐겁다는 것을 알게 되었고, 사람들과의 시끌벅적한 시간들도 즐거웠고, 나를 좋아해 주고 챙겨주는 남자 친구와의 연애도 행복했다. 너무 행복에 겨운 나머지, 심지어는 차라리 엄마가 극단적인 시도를 한 번 더 해서 진짜로 떠나가게 되어도 어쩔 수 없겠다는 생각까지 들었다. 내 안의 악마는 엄마가 없으면 더 자유로워질 내 삶을 자꾸만 상상하게 했다. 하지만 그와 동시에 그동안 나를 홀로 키우며 어린 나를 안아주고, 자장가를 불러주고, 젖을 먹여주던 엄마에 대한 기억이 떠오를 때면 죄책감에 가슴이 미어지고 눈물이 터져 나오곤 했다. 나는 도저히 엄마를 저버릴 수 없었다.

걱정했던 것과 달리 엄마는 대학 생활에 대해서 예전처럼 극단적인 시도를 하며 나를 협박하지 않았다. 학교 생활과 동아리 활동이 즐거운 만큼, 내가 행복해하고 또 만족해하는 모습을 보아서였을까. 엄마는 나에게 일찍 좀 다니라며 잔소리를 하거나, 혼자 자기 외롭다며 서운한 티를 종종 내곤 했지만 예전처럼 본인의 목숨을 담보 삼는 짓은 하지 않았다.

그리고 그날도 새벽까지 이어진 술자리가 파하고 나서 첫차를 타고 집에 도착했다. 다행히도 엄마는 엄마 방에서 잠들어 있었다. 안도의 한숨을 한번 쉬고 고개를 돌리는데, 식탁 위에 웬 공책 하나가 놓여 있기에 펼쳐 보았다. 엄마의 일기장이었다. 내가 대학 합격 통보를 받은 날부터 일기가 시작되었다. 나는 첫 페이지부터 읽어내려 갔다.

소영이가 대학 세 군데에 모두 붙었다. 그중 한 곳은 사람들이 알아줄 법한 곳이라 내 딸이 자랑스러웠다. 통학하기에는 먼 거리였지만, 소영이와 떨어져 지내는 건 상상도 할 수 없는 일이기에 무리를 해서라도 학교 근처로 이사하기로 했다. 나는 너무 젊은 나이에 임신을 해서 대학에 갈 생각을 못 했지만 우리 소영이만큼은 대학에 가야 한다. 내 딸이 대견하고, 사랑스럽고, 세상 그 무엇보다 소중하다.

...

소영이가 공부는 안 하고 쓰잘데기없는 연기에 푹 빠져 있다. 그래서인지 요즘 나에게 너무 소홀하다. 동아리 사람들이랑 술 먹느라 집에 돌아오는 시간도 너무 늦고, 중학생 때처럼 집에 안 들어오는 날도 많다. 그렇게 혼자 밤을 보내는 날은 마음이 너무나도 허하고 괴롭다. 사랑을 듬뿍 주고 키워준 은혜도 모르고 어쩜 엄마한테 이럴 수 있을까? 어릴 적에는 나와 한시도 떨어져 있지 않으려고 했는데 이제는 나에게서 자꾸 떨어지려 한다. 내가 소영이를 위해서 살아가는 만큼 소영이도 조금은 엄마인 나를 위해서 살아주었으면 하는데… 소영이가 참 밉다. 너무 사랑해서 밉다.

…

아무래도 소영이에게 남자가 생긴 것 같다. 오늘밤, 소영이가 집으로 돌아올 때 웬 낯선 남자애가 소영이를 집 앞까지 데려다주고 돌아가는 걸 봤다. 아마 걔도 겉멋만 들어서 그 쓸데없는 연기나 한다고 설쳐대는 놈일 게 뻔하다. 소영이는 절대로 내 팔자를 닮아선 안 된다. 여자는 능력 있는 남자를 만나야 한다. 지질한 남자 놈 따위에게 절대 우리 딸을 줄 수 없다. 내가 얼마나 애지중지하며 키운 아인데. 그런 놈한테 절대 못 준다. 절대. 죽어도.

...

소영이는 남자 친구와 관계를 가졌을까? 내 딸이 외간남자 앞에서 옷을 다 벗고 이미 몸과 마음을 다 내어주고 말았을까? 그 남자가 소영이와 관계를 가지면서 혹시 험하게 대한 것은 아닐까? 그런 상상을 하면 피가 거꾸로 솟고 그 남자를 칼로 난도질하고 싶을 만큼 분노와 살의가 차오른다. 어디 감히 소중한 내 딸의 옷을 벗기고 함부로 범할 수 있나? 그래서는 안 된다. 절대 안 된다. 그 남자를 찾아가 죽이고 싶은 충동을 억누르는 것이 힘이 든다.

...

이번 달이 다 끝나가는데 지난달도 이번 달도 화장실 휴지통에서 소영이의 생리대를 본 적이 없다. 혹시 덜컥 임신을 한 것은 아닐까 걱정이 된다.

엄마가 언제부터 나에 대한 일기를 쓰고 있었는지는 알 수 없었다. 이성의 끈이 뚝 하고 끊어지며 정신이 아득해졌다. 그리고 엄마가 너무나도 징그럽게 느껴져 구토가 나올 것 같았다. 내가 볼 수 있게 일부러 올려둔 게 분명했고, 엄마는 손을 쓸 수 없을 만큼 단단히 미친 게 분명했다. 나는 엄마의 일기장을 든 채로 분노에 가득 찬 발걸음을 옮겼다. 방문을 벌컥 열고 침대에 누워 곤히 잠들어 있는 엄마를 거칠게 흔들어 깨웠다. 잠이 덜 깨 멍해 보이는 엄마 앞에서 나는 보란 듯이 일기장을 쫙쫙 찢어 보였다. 참담하고 끔찍한 심정을 담아 절규하기 시작했고, 엄마를 향해 평소라면 생각도 해본 적 없는 온갖 쌍욕을 내뱉었다. 그 순간의 나는 내가 아니었다. 엄마는 입을 벌린 채 퀭하게 뜬 눈으로, 발악하는 나를 가만히 바라보고 있었다. 나는 절규를 멈추고, 부엌으로 가서 칼을 꺼내와 내 목에 들이민 채로 보란 듯 엄마 앞에 섰다. 여전히 이성을 잃은 상태였다. 정확히 기억은 잘 나지 않지만 그때 나는 엄마에게 평생 쓴 적 없던 '너'라는 호칭을 쓰며, 내가 네 앞에서 뒈져줘야 이 지랄 맞은 짓을 그만둘 거냐고 말했던 것으로 기억한다. 엄마는 그제야 침대에서 황급히 내려와 내 다리를 부여잡으며 애원하듯 울부짖었다.

"소영아, 제발 그러지 마! 엄마가 잘못했어! 너 죽으면 엄마도 바로 죽을 거야…"

한바탕 난리를 피우고 겨우 제정신이 돌아온 나는 다시 부엌으로 걸어가 스스로 목에 겨누었던 칼을 제자리에 꽂았다. 바닥에 엎드린 채 흐느끼는 엄마를 뒤로 하며 내 방으로 돌아왔다. 목숨을 담보 삼는 짓을 해보니 강한 자극에 은근한 쾌감이 느껴지기도 했다. 그날은 침대에 눕자마자 기절할 듯 잠이 쏟아졌다.

얼마 지나지 않아 나와 엄마는 서로 아무 일 없는 척 다시 무난하게 지냈다. 엄마와 별개로, 만나던 남자 친구가 졸업 후 취직을 하게 되면서 서로 점점 소홀해졌고 우리는 자연스럽게 헤어졌다. 2년 동안 단 한 번도 관계를 가진 적이 없는데 그것이 이별의 요인이었는지도 모르겠다.

그리고 엄마가 여전히 일기를 쓰고 있을지, 내 이별에 대해 엄마는 어떤 글을 썼을지는 굳이 알고 싶지 않았다.

당시의 나는 아마추어이긴 해도 연극 무대에 자주 오르며 취미 삼아 연기를 계속했다. 연극 공연이 있던 어느 날, 무대를 마치고 연극을 보러와 준 사람들과 인사를 나누는데 한 기획사 관계자가 명함을 건네주었다. 그는 나를 만나기 위해 이 연극을 보러 왔다고 했다. 그가 이사로 있는 기획사는 우리나라 사람이라면 대부분 다 알 법한 유명 배우들도 몇 명 소속되어 있고 나도 들어본 적 있는 곳이었다. 그는 나에게 조만간 오디션을 보러 오라고 했다. 나는 그 공연에서 주연도 아닌 조연이었고, 연기는 어디까지나 취미라고 여기고 있었기에 얼떨떨했다. 이 일로 동아리 사람 몇 명에게 조언을 구했더니 다들 놀라워하더니 이내 축하해 주며 당장 오디션 연습을 시작하라고 말해주었다.

며칠 후, 그가 지시한 날짜에 오디션을 보러 갔다. 현장에는 그를 포함해 윗사람들로 보이는 네 사람이 내 앞에 앉아 있었고, 드라마와 영화에서 자주 봐왔던 유명 남배우도 그중 한 사람이었다. 그 배우가 나에게 '애인이 바람을 피운다는 사실을 알고 분노하는 여자'를 연기해 보라고 지시했다. 그 자리에서 나는 온 힘을 다해 열심히 연기했지만, 스스로 생각했을 때도 연기력이 형편없다는 게 느껴졌다. 그러나 기획사는 나에게 계약을 제안했고, 나도 제안에 응했다. 그들은 내 연기력보다는 마스크와 이미지를 보고 뽑았다며 연기 트레이닝을 열심히 하라고 했다.

오디션 장에서 돌아와 엄마에게 계약 소식을 전하자,

엄마는 기겁하며 펄쩍펄쩍 뛰었다.

"너 미쳤어? 왜 엄마한테 한 마디 말도 없이 그런 걸 덜컥 해버리니? 너 그거 사기야. 유명한 배우 앞세워서 순진한 어린애 등쳐먹고 돈 빼내려는 거라고!"

하지만 나는 엄마보다는 주변 사람들의 말을 듣기로 했다. 그 기획사는 실제로 많은 배우 지망생들이 선망하는 곳이었고, 유명 배우를 실제로 마주했기에 의심할 여지는 없어 보였다. 얼마 후 기획사와 정식 계약을 체결했고, 바로 한 달 후부터 촬영을 시작하는 드라마 조연으로 캐스팅되었다. 오디션 장에서 만났던 그 배우가 주연이고, 나는 극중 주인공이 애지중지하는 어린 여동생 역이었다. 이 모든 상황들이 일사천리로 진행되어 여전히 얼떨떨했다. 갑자기 이런 기회를 큰 노력 없이 받아도 되는 건가 싶었다.

엄마는 내가 티브이에 나오는 것을 보기 전까지는 계속 내 말을 믿지 않고, 나를 자신의 말을 듣지 않고 제 발로 사기를 당하러 간 아둔한 사람 취급했다. 그러나 방에서 티브이를 보다 드라마에 출연한 내 모습을 보자마자 엄마의 의심과 한탄은 거짓말처럼 뚝 멈췄다.

"소영아… 지금 화면에 나오는 게 우리 딸이야? 내가

낳은 딸이 진짜 맞아? 엄마는 지금 너무너무 신기해서 믿을 수가 없어. 정말 장하고 멋지다. 우리 딸!"

엄마는 기쁨의 눈물을 흘리며 이어서 말했다.

"우리 소영이가 엄마의 세상이고 엄마의 신이야."

소속사의 요청으로 계정만 만들고 방치했던 SNS도 본격적으로 시작했다. 내 계정이라고 해도 게시물 대부분을 소속사의 홍보팀 직원이 대신 업로드해 주었고, 무언가를 업로드하기 전에는 회사 사람들과 상의해야 했다. 드라마에 얼굴을 내비친 순간부터 SNS 팔로워는 나날이 늘어갔고 광고 제의도 종종 들어왔다. 호의가 담긴 댓글과 응원의 메시지도 끊이지 않았다. 단시간에 사람들의 관심을 받고, 그로 인해 내 삶이 많이 바뀌었다는 사실이 언제나 신기했다.

그런 내가 자랑스럽다는 엄마의 얼굴엔 웃음이 떠나지 않았다. 처음으로 엄마의 삶이 즐겁고 행복해 보였다. 그리고 엄마의 일상도, 취미 생활도 바뀌었다. 엄마는 온종일 내 SNS를 들여다보고, 영상 플랫폼에 올라온 나에 관한 영상들을 반복해서 보고, 그 밑에 달린 댓글들을 보고,

나에 대한 기사를 찾아보며 사람들의 반응을 살폈다. 그리고 엄마는 나에게 힘이 될 만한 댓글들을 캡처해서 수시로 사진을 보내거나, 따라 읽어주거나, 직접 보여주곤 했다. 엄마는 잠든 시간을 제외한 나머지 모든 시간을 그렇게 보냈다. 너무 몰입하지 말고 적당히 보라고 설득했지만 엄마는 방긋 웃으며 말했다.

"이게 엄마의 유일한 행복이고 즐거움인데 엄마가 좀 즐기게 둬."

나의 데뷔작이 된 드라마는 성공적으로 막을 내렸다. 조연이어도 비중이 있는 역할이다 보니 그 계기로 대중들에게 눈도장을 확실히 찍을 수 있었고, 밖에서 돌아다닐 때 나를 알아보며 사인 요청을 하거나 함께 사진을 찍어달라는 사람들이 생기기 시작했다. 광고도 꾸준히 들어와 수입이 늘어갔고, 벌써 다음 드라마에도 캐스팅이 확정되었다. 웬만큼 쌓인 수입을 확인한 나는 엄마의 집세를 지원해 주는 대신 엄마와 떨어져 살기로 마음먹었다. 이 생각을 전하자마자 엄마는 내 두 손을 부여잡고 애원하며 말했다.

"소영아. 절대 안 돼. 엄마는 너랑 떨어져서 못 살아. 제발 엄마도 데리고 가. 엄마랑 계속 같이 살자. 응?"

그 모습은 꼭, 버려짐을 예견하고 주인에게 마구 치대는 불쌍한 강아지 같았다.

결국 한 학기를 남긴 상태에서 학교를 휴학한 후, 엄마와 함께 학교 앞 투룸에서 신축 아파트로 이사했다. 넓고 쾌적한 아파트에서 살아보는 것은 난생처음이었다. 기뻐하고 뿌듯해하는 엄마의 모습을 보니 나도 스스로가 자랑스러웠다.

그 후 몇 달은 내 생애 가장 즐겁고, 평탄한 시간이었다. 엄마와의 갈등도 거의 없었다. 그러나 그조차 오래 가진 못했다. 어느 날, 기획사 이사로부터 직접 만나서 할 말이 있으니 시간이 빌 때 회사로 잠깐 와보라는 연락이 왔다. 무슨 일인가 싶어 스케줄을 마치고 황급히 달려갔다. 그는 나와 관련된 기사에 달린 댓글과 대댓글을 캡처한 이미지를 몇 개 보여주었다. 대댓글을 쓴 사람은 모두 같은 아이디였다.

장소영 배우님 활동 지켜보고 있는 팬입니다. 너무 예쁘세요. 항상 응원합니다!

└ 안녕하세요. 제가 배우 장소영 엄마입니다. 저도 제 딸이
   자랑스럽습니다. 정말 감사드립니다.

연기력 꽝…. 연습 더 하고 나오세요.

└ 당신이 뭔데 우리 딸한테 연습을 하라 마라야. 이 천벌받
   을 놈.

백퍼 스폰 받았네. 갑자기 이렇게 빵 뜨는 건 너무 이상함.

└ 어디서 그런 미친 소리를. 너 내가 찾아가서 꼭 죽일 거야.

멋진 배우님^^ 여러 방송에서 보고 싶네요. 파이팅!

└ 배우 장소영 제 딸입니다^^ 감사합니다. 계속 응원해 주세
   요.

그는 나에게 극히 일부를 보여주는 거라며 혹시 이 대댓글들이 진짜 엄마가 작성한 것이 맞는지 조심스럽게 물었다. 나는 엄청난 수치심에 고개도 제대로 들지 못한 채 아마도 맞을 것이라고 답했다. 그러자 이사는 우선 도가

지나친 악플이나 어머니가 남긴 댓글들은 회사에서 삭제 처리를 하고 있지만 어머니께서 계속 이런 식으로 직접 댓글을 작성하면 배우 이미지에 치명적이니 당장 관두게 하시라고 지시했다.

그날 집으로 돌아가자마자 엄마에게 목소리를 높이고 성질을 부렸다. 이사에게 한 소리 들었다고, 엄마 때문에 내 이미지가 이상해지고 있다고 하자 엄마는 눈을 내리깔고 잘못을 저지른 어린아이처럼 기어들어 가는 목소리로 말했다.

"미안해. 우리 딸한테 안 좋은 댓글이 달리면 엄마가 너무 화가 머리끝까지 나서, 가만히 보고만 있을 수가 없어서 그랬어. 이제부턴 참을게."

한동안 엄마는 그 행동을 멈춘 듯 보였다. 하지만 종종 엄마가 스마트폰 화면을 보고 있을 때 뭘 보고 있나 싶어 들여다보면 여전히 내 SNS 댓글창과 기사를 뒤져보거나 대댓글을 작성하고 있었다. 또, 내 SNS에 댓글을 단 사람들의 계정에 찾아가 사진과 글을 보며 어떤 사람인지 파악하려고 하거나, 친근한 말투로 댓글을 다는 친구들과 동료 배우들의 계정에도 들어가서 내가 어떤 사람들과 친하게 지내는지도 알아내려고 했다. 명품 가방이나 옷을 입고 고급스러운 장소에서 찍은 사진을 올리는 친구와는 얼마나 친하냐며, 이런 친구와는 계속 친하게 지내라고 말했고, 온몸에 문신을 했거나, 형편이 넉넉해 보이지 않거나, 외국인과 사귀는 친구와는 얼른 멀어지라고 말했다. 그러면서도 응원하고 칭찬하는 내용의 댓글은 여전히 나에게 따로 읽어주었다. 그만하라고 했지 않느냐고 몇 번이고 말해도 엄마는 들어주지를 않았다.

엄마는 자신의 삶을 살고 있지 않았다. 엄마에게 삶은 곧 내 삶이었다. 고쳐지지 않는 엄마의 행동과 집착에 지친 나는 소리도 질러보고 제발 그만해 달라고 엉엉 울며 애원도 해봤지만, 엄마는 바뀌어보려고 노력하는 모습도 보여주지 않았다. 말이 통하지 않는 엄마 앞에서, 답답한 마음에 방바닥에 그대로 무너져 내리듯 주저앉아 오열했다. 엄마도 나에게 다가와 울며 말했다.

"소영이 너는 엄마의 전부야. 엄마의 인생이야. 엄마는 너밖에 없어! 오직 너 하나만 바라보고 살아왔어! 엄마가 너를 지켜줄 수 있게 좀 놔둬! 왜 너는 엄마가 널 사랑하지 못하게 하는 거야? 응?"

결국 일이 터지고 말았다. 한 커뮤니티에 '딸 사랑이 과한 어느 여배우의 엄마'라는 제목으로 엄마의 댓글들을 캡처한 이미지와 조롱 글이 올라왔고, 곧 여러 커뮤니티와 SNS로 퍼져 나갔다. 내 배우 이미지에도 타격이 되자, 기획사의 이사는 결국 나에게 엄마를 병원에 보내보라는 말까지 했다. 그리고 나도 엄마의 그런 행동에 정신 이상이 오는 것 같았다. 몸과 마음에 화가 쌓여서인지, 나도 모르게 몸이 갑자기 바르르 떨리거나 한밤중에 비명을 지르며 잠에서 깨는 일이 빈번했다. 결국 엄마가 아닌 내가 먼저 병원에 다니기 시작했다. 첫 상담에서 의사는 나보다 엄마의 입원 치료가 시급하다며, 최대한 빨리 엄마와 거리를 두고 서서히 관계를 단절하기를 권했다. 상담을 마치고 돌아와 엄마에게 입원 치료가 필요하다고 전하자, 그 말을 들은 엄마는 역시나 흥분하기 시작했다. 그리고 아주 억울하다는 말투로 나에게 고함쳤다.

"너 이제는 엄마를 미친 사람 취급하는 거야? 지금까지 그 고생해 가며 키웠더니 결국 엄마를 그렇게 만들어버리니? 평생을 딸 하나만 보고 살아왔는데 그 결과가 이거라니 엄마는 정말 죽고 싶다. 배신감에 정말 죽고만 싶어!"

여전히 말이 통하지 않는 엄마의 태도에 발끝부터 머리끝까지 온몸이 부들부들 떨려왔다. 지금 이 떨림과 분을 어떻게든 삭이지 않으면 당장 엄마를 내 손으로 때리고 말 것 같았다. 결국 나는 이성을 잃지 않으려 이를 꽉 깨물고 그 자리에서 나와 집 근처 카페에서 가만히 앉아 시간을 보내다 밤이 깊어 엄마가 자고 있을 즈음에야 집으로 돌아갔다.

너이제는엄마를미친사람취급하는거야지금까지그고 생해가며키웠더니결국엄마를그렇게만들어버리니평생을 딸하나만보고살아왔는데그결과가이거라니엄마는정말죽 고싶다배신감에정말죽고만싶어소영이너는엄마의전부야 엄마의인생이야엄마는너밖에없어오직너하나만바라보고 살아왔어엄마가너를지켜줄수있게좀놔둬소영아절대안돼 엄마는너랑떨어져서못살아제발엄마도데리고가엄마랑계 속같이살자이게엄마의유일한행복이고즐거움인데엄마가 좀즐기게돼소영이는남자친구와관계를가졌을까내딸이외 간남자앞에서옷을다벗고이미몸과마음을다내어줬을까소 영이는절대로내팔자를닮아선안된다여자는능력있는남자

를만나야한다지질한남자놈따위에게절대우리딸을줄수없
다내가얼마나애지중지하며키운아인데어릴적에는나와한
시도떨어져있지않으려고했는데이제는나에게서자꾸떨어
지려한다내가소영이를위해서살아가는만큼소영이도조금
은엄마인나를위해서살아주었으면하는데소영이가참밉다
너무사랑해서밉다소영아제발그러지마엄마가잘못했어네
가죽으면엄마도바로죽을거야너에게엄마가더이상필요없
다는사실을받아들이기괴롭구나우리딸이끊겠다면끊어야
지엄마는죽어서도영원히너를사랑할거야엄마죽일거아니
지이제그만울고바닥에내려줘

머릿속에 엄마의 목소리가 빠르게 들려왔고 눈앞에는
엄마의 울부짖는 모습과 엄마가 쓴 일기와 유서들이 뒤섞
이고 있었다. 갑자기 눈이 번뜩 떠지며 침대에서 몸을 벌
떡 일으켰다. 정신을 차려보니 나는 잠든 엄마 몸 위에 앉
아 칼을 내리꽂으려고 하고 있었다.

순간, 갓 태어나 자신의 젖을 먹는 나를 사랑스러운 얼
굴로 내려다보는 엄마의 얼굴과 나에게 자장가를 불러주
며 흥얼거리던 엄마의 목소리가 다시 내 머릿속을 스쳤다.

결국 칼을 다시 부엌에 놓고 방으로 돌아와 머리에 이불을 뒤집어썼다. 그리고 악을 쓰며 울부짖었다. 몇 번이고 주먹으로 침대를 내리쳤다. 그렇게 울다 지쳐 잠이 들었다.

다음 날 아침이 되자 분노는 많이 가라앉아 있었다. 어제 그렇게 엄마를 내 손으로 죽일 뻔하고 울부짖었던 게 꿈속의 일 같았다. 침대에서 일어나 화장실로 들어가는 순간, 부엌에서 국을 끓이던 엄마가 말했다.

"어젯밤 내내 짐승이 우는 소리가 들리던데 네가 낸 소리니?"

그런 와중에도 드라마나 영화 캐스팅 제안이나 광고 제의, 인터뷰 요청은 계속해서 들어왔다. 망가져 가는 내 정신과는 다르게, 일은 신기할 만큼 여전히 술술 잘 풀렸다. 드라마를 찍고, 광고를 찍고, 화보를 찍고, 인터뷰를 하고, 미팅을 하는 그 많은 스케줄을 소화해 내는 동안 나에게 관심을 가져주고 나를 사랑해 주는 사람들이 계속해서 늘어갔다.

하지만 그런 것들은 나에게 큰 의미가 없었다. 애초에

배우라는, 연예인이라는 직업이 그토록 원해서 시작한 일도 아니었기 때문이다. 인기도, 많은 사람들의 관심도 내가 딱히 원하던 것은 아니었다. 그저 엄마가 나를 그만 괴롭게 한다면 그것보다 기쁘고 감사한 일은 없을 거였다. 엄마보다 나를 더 괴롭히는 건 없었으니까. 촬영에 대한 압박과 일부 사람들의 비난은 그에 비해 아무것도 아니었다. 엄마라는 존재가 나에게 있어 가장 큰 악이었다.

괴로워하는 날 구해준 건 데뷔부터 함께한 매니저였다. 그는 나보다 다섯 살이 많은 남자였다. 함께 있는 시간이 많아지면서 우리는 그 누구보다 친근한 사이가 되었고, 나는 드디어 의지할 수 있는 사람을 찾았다고 느꼈다. 업무라고 해도 그가 나를 잘 챙겨주고 언제나 자상하게 대해줬기에, 나에게는 처음부터 없었던 거나 마찬가지인 아빠라는 존재의 빈자리도 그가 채워주는 것 같았다. 나의 고백에 우리는 연인 사이가 되었고, 엄마에 대한 스트레스도 그와 몸을 맞대고 체온을 나누는 순간만큼은 잊을 수 있었다. 스케줄을 마친 뒤나 일정이 없을 때에는 차 안이나 그의 집에서 둘만의 시간을 보냈고, 그는 매일 우리 집 바로 앞까지 바래다주었다. 우리의 관계는 우리 둘만 아는 것으로 하고 회사나 매스컴에 들키지 않도록 비밀스럽게 유지했지만, 무엇보다 엄마가 몰랐으면 했다.

그날도 헤어지기 전, 나는 차 뒷좌석에서 그의 품에 안겨 있었다. 이제 집에 들어가야 할 때가 된 것 같아서 그에게 입맞춤을 한 후 일어나려 했다. 그리고 누군가 우리의 만남을 목격하지는 않을까 하는 불안한 마음에 창밖을 힐끗 바라보았다. 그 순간, 나는 기겁할 수밖에 없었다. 정말로 누군가가 검은 창문에 얼굴을 가까이 대고 차 안을 훔쳐보고 있었다. 너무나 익숙하고, 마주하기 싫은 얼굴이었다. 창피함도 잊을 만큼 극도의 분노를 느낀 내가 문을 벌컥 열어젖히며 엄마에게 따지려는 순간, 엄마가 눈을 부릅뜨고 차 안으로 불쑥 들어와 매니저에게 칼을 휘둘렀다. 그런 엄마를 막으려다 엄마가 휘두른 칼이 내 손목을 스쳤다. 금방 피가 새어나오기 시작했고, 새빨간 피를 본 엄마는 그제야 정신을 차린 듯했다. 그사이 차 밖으로 나온 그가 엄마를 금방 제압했고, 나는 엄마 손에 있던 칼을 빼서 던지고 얼른 엄마를 아파트 안으로 잡아끌었다. 손목의 통증을 느낄 새도 없었다. 최대한 빠르게 엄마를 집으로 데려온 나는 그제야 내 피 때문에 엄마의 손과 팔이 피투성이가 된 것과 바닥에도 피로 군데군데 얼룩져 있는 것을 보았다. 엄마도 그 처참한 광경을 보고 뒤늦은 비명을 질러댔다.

"소, 소영아! 응급실! 얼른 응급실 가야 돼! 빨리!"

나는 그런 엄마를 무시한 채 부엌에 있던 키친타월로 손을 대충 지혈한 다음 집 밖으로 황급히 뛰쳐나왔다. 아까 그 자리에 매니저의 차가 그대로 있는 것이 보였다. 그의 차에 올라타자 그는 기다렸다는 듯 나를 응급실로 데려다주었다. 나를 치료해 준 의사는 떠보듯이 어쩌다 이렇게되었느냐며 물었지만, 입을 꾹 닫고 치료가 끝나자마자 나왔다. 근처에서 수군대는 환자들만 봐도 당장 내일 아침만 되어도 인터넷에 내 이름이 오르내릴 게 뻔했다. 응급실에서 처치를 하고 집으로 돌아오는 차 안에서 그가 차가운 말투로 말했다.

"…나 퇴사할게. 오늘 일은 없던 일로 할 거야. 우리 그만하자."

그 순간, 내 속은 모든 곳이 처참하게 무너져 내린 폐허가 되었다.

엄마를 막을 방법이 있을까. 없는 것 같다. 도저히 없다. 엄마는 미친 걸까. 언제부터 미친 걸까. 아빠에게 맞은 순간부터? 내가 엄마에게 자살 협박을 하고, 엄마를 죽이려고 해서 엄마가 더 미친 걸까. 왜 엄마는 내가 남자를 만나는 걸 그토록 싫어할까. 왜 나와 만난 남자를 죽이려고까지 한 걸까. 엄마는 나에게서 연인뿐만 아니라 친구도, 명예도, 그리고 자유도 앗아갔다. 엄마를 제외하고는 이제 내 곁에 남은 사람은 아무도 없다. 나는 평생 엄마 곁에만 있어야 하는 걸까. 엄마는 왜 나를 자신의 곁에 두려고 하는 걸까. 왜 내가 없이는 못 사는 사람이 되어버린 걸까. 엄마는 대화가 통하지 않는 사람이다. 내 말을 조금도 들어주지 않는다. 노력조차 하지 않는다. 나는 엄마를 이해할 수 없다. 엄마도 나를 이해하려 하지 않는다. 나를 너무나도 사랑하지만 그만큼 나를 너무나도 괴롭게 하는 사람. 엄마의 존재가 나를 살 수 없게 한다. 엄마가 죽어주지 않는다면, 내가 엄마를 죽일 수 없다면, 엄마에게 아주 끔찍한 벌을 주고 싶다. 그 벌로 인해 엄마가 더 이상 살아갈 수 없을 만큼 괴로워했으면 좋겠다. 잘못을 뉘우쳐 봤자 소용없을 정도로, 지옥 저 끝에 떨어진 것보다 더 괴로워하면서 날뛰고 버둥거리고 벌벌 떨었으면 좋겠다….

나는 손목에 붕대를 칭칭 감은 채, 불 꺼진 내 방 안에서 혼자 그렇게 중얼거리며 눈물과 웃음을 동시에 흘리고 있었다.

연기자가 되니 카메라나 사람들 앞에서는 밝은 척 연기하는 것도 그리 어렵지 않았다. 아마도 나는 두 사람이 되어버렸을 것이다. 성실히 연예 활동을 하며 나를 보는 이들에게 꿈과 즐거움을 주는 사람, 그리고 내면이 곪을 만큼 곪아 손쓸 방도도 없을 정도로 썩어버린 사람.

그러던 어느 날, 소속사를 통해 내가 연기대상 시상식에 신인여우상 후보에 올랐다는 것을 알게 되었고, 시상식 전날에는 그 상을 내가 수상할 것이라는 소식을 전달받았다. 하지만 그런 것에 더 이상 기쁘지 않았다. 내 옆을 떠날 생각을 하지 않는 악의 존재가 주는 괴로움이 너무 커서, 나는 이미 기쁨도 희망도 즐거움도 느낄 수 없는 시신의 상태가 되어버리고 말았으니까.

그동안 엄마가 나에게 가했던 억압과, 고통의 기억들과, 이 자리에 오기까지의 수많은 일들이 찰나의 순간에 눈앞을 스쳐갔다. 나는 핸드백을 꽉 쥐었다. 그 안에는 권총이 있었다. 드라마 촬영장에서 소품으로 쓰던 것으로, 실제 장전이 되는 총이기 때문에 감독이 절대로 함부로 만져서는 안 된다고 몇 번이고 당부했다. 바로 어제, 나는 이 순간을 위해 이걸 훔쳐 왔다. 총이 도난당했다는 것을 뒤늦게 알고 혼란에 빠질 스태프들의 입장은… 미안하지만, 이젠 내 알 바가 아니었다.

　　나는 다시 카메라를 똑바로 응시하며 말했다.

　　"엄마, 지금 보고 있지? 잘 지켜봐."

　　그리고 총을 꺼내 내 턱 밑에 겨누고 방아쇠를 당겼다.

┿ 한밤중의 어트랙션 ┿

지옥도 사신도 모두 네 안에 있다.

서울시 외곽의 산기슭에 위치한 모 놀이공원은 1990년 대 초반에 개장하여 얼마 전 30주년을 맞이했다. 그곳에는 지옥을 모티프로 한 어트랙션 '지옥탐험보트'가 있다. 보트를 타고 지하 세계에 있는 지옥을 탐험하는 콘셉트의 어트랙션이다. 보트는 물속의 레일과 이어져 있고 한 보트의 탑승 정원은 최대 열 명이다. 놀이공원이 개장할 때부터 있었던 만큼 연식이 꽤 오래되었지만, 군데군데 보완과 수리를 거듭하며 운행해 오고 있다. 그리고 매해 인기 어트랙션 톱3 안에 꼭 들어가며 그 명성을 꾸준히 이어오고 있다.

다른 놀이공원에서 비슷한 형태의 어트랙션을 타본 적

이 있다면 어떻게 인기를 유지하는지 의아할 것이다. '지옥탐험보트'의 인기 요인은 딱 하나다. 이곳에서 귀신을 실제로 보았다는 소문이 자자하다는 것. 90년대에 인터넷이 보급될 때 만들어진 유물 같은 커뮤니티에서부터 지금의 SNS까지 지옥탐험보트에 엮인 괴담은 쭉 이어져 왔다. 대부분 귀신 목격담이고, 가끔 귀신으로 추정되는 불확실한 존재가 찍힌 심령사진도 올라오곤 했다. 목격담 중에서는, 그 안에 있는 움직이는 마네킹들이 탑승객들을 뚫어지게 쳐다본다거나, 여기에 오지 말라고 속삭이거나, 들고 있던 모형 흉기를 코앞까지 위협적으로 휘두르거나, 누군가의 비명 소리가 들린다거나, 무언가가 여기저기 뛰어다니는 걸 목격했다는 둥 삼류 공포만화에서나 나올 법하고 직접 보지 않고서는 믿을 수 없는 내용이 대부분이었다. 근거가 불확실했지만 그 이야기들은 끊임없이 전해졌고, 그것들이 흥미와 자극을 원하는 사람들을 끌어들이는 역할을 하고 있었다.

"아, 구라 치지 마요, 선배!"

"진짜라니까? 어제 마감하면서 조명 다 끄고 입구 잠그기 전에 한번 슥 봤는데, 어둠 사이로 검은 형체가 휙! 하고 지나갔어."

곰돌이 머리띠를 쓰고 과장하듯 눈을 크게 뜨고 말하는 진호 앞에서, 그보다 30센티는 더 작은 세은이 펄쩍펄쩍 뛰었다. 그리고 그런 두 사람을 가소롭다는 듯 바라보는 민규 역시 토끼 머리띠를 한 채로 진호에게 한마디 던졌다.

"야. 이제 막 들어온 애한테 쓸데없이 겁 좀 그만 줘라. 가뜩이나 우리만 늘 인원이 부족한데 애 금방 나가면 어쩌려고."

"뭐야! 진호 선배, 역시 구라 친 거구나! 저 좀 그만 놀리라고요!"

여전히 방방 뛰는 세은을 진호와 민규는 그저 귀엽다는 듯 웃으며 내려다보았다. 여기서 일한 지 어느덧 1년 반이 넘은 민규는 세은이 쓴 고양이 머리띠에 아슬아슬하게 매달려 있는 인조 깃털 한 올을 떼어내며 말했다.

"어떻게든 손님 좀 끌어보겠다고 여기서 지어낸 얘기지. 그거 다 저기 사무실에 앉아 계시는 홍보팀 직원들께서 옛날부터 꾸준히 여기저기 올린 것들이야. 그게 요즘 말하는 바이럴이지 뭐야."

민규의 말에 진호가 거들었다.

"그래도 그 마케팅이 통한다니까. 이렇게 사람들이 끊임없이 오는 걸 보면."

그 말이 끝나자마자 한 바퀴를 다 돈 보트가 들어왔다. 보트에 타고 있던 열 명 남짓 되는 사람들이 깔깔대며 내릴 준비를 했다. 민규는 여유롭게 제어실에서 나가 언제나처럼 자동으로 튀어나오는 멘트를 날렸다.

"지옥탐험보트 즐거우셨나요? 너무너무 아쉽지만, 이제는 헤어질 시, 간! 두고 가는 짐은 없는지 확인하시고, 두고 가는 친구는 없는지 확인하시고! 모두 모두, 안녕히 가, 세, 요!"

진호와 세은도 멘트의 리듬에 따라 율동을 한 다음 보트에서 나가는 사람들을 향해 양손을 흔들어 보였다. 대화에 섞이지 못하고 조금 떨어진 자리에 서 있던 도연도 혼자서 조용히 양손을 흔들었다. 진호가 대기 줄 앞에 걸려 있던 체인을 풀고 마이크를 고쳐 잡으며 안내 멘트를 했다.

"탑승하실 때 다리가 물에 빠지지 않게 조심하세요. 한 번 빠지면 빠져나오기가 대단히 어렵고, 저희 직원들도 구해드리기가 쉽지 않습니다."

진호의 말에 보트에 올라타던 탑승객 몇 명이 까르르 웃었다.

"지옥탐험보트, 지옥 저 밑바닥을 향해 출발합니다. 즐거운 관람 되세요!"

보트 하나가 입구로 들어간 다음 민규가 진호와 세은에게 가까이 다가와 말했다.

"오늘 우리 엠티 날인 건 안 까먹었지?"

"일정 비워놨지. 내일 나는 휴무고, 세은이 너는?"

"저는 내일 출근이긴 한데, 밤새우는 거야 끄떡없어요. 근데 민규 선배. 오늘 엠티 어디로 가는데요?"

"글쎄다. 우리 어떤 모텔로 갈까?"

"야."

민규의 빈정거림에 진호가 민규를 쏘아보았고, 세은은 당황한 기색이었다.

"장난이야, 인마. 엠티 장소가 어디긴 어디야. 바로 우리 일터지."

민규의 말에 진호와 세은이 눈을 크게 뜨고 되물었다.

"일터…? 여기 안에 펜션 같은 데가 있어?"

"바로 여기라니까? 지옥탐험보트!"

"…뭐?"

"여기요?"

"세은이 신고식 기념으로 우리 오늘 여기서 밤새울 거야. 우리의 밥줄! 바로 이 지옥탐험보트 안에서."

"저 여기 들어온 지 한 달도 더 넘었는데 이제 와서요?"

"아니, 여기라고 말을 해줬어야지! 난 또 어디 펜션이라도 잡아놓은 줄 알았잖아."

"소희도 이따 퇴근하고 여기로 올 거야. 그리고 예전에 나랑 같이 여기서 일하다가 바로 옆에 스톰트레인으로 옮겨 간 재근이도 올 거고."

"소희? 네 여친도 온다고?"

"응. 애들한테 미리 다 말해놨어."

"왜 우리한텐 미리 말 안 했는데?"

"서프라이즈."

눈을 가늘게 뜨고 배시시 미소 짓는 민규의 얼굴을 보며 진호가 질색하는 투로 말했다.

"어우. 그런 표정 좀 짓지 마라. 기분 나빠. 그럼… 도연이 쟤는?"

"어차피 참여 안 한다고 할 게 뻔해서 물어보지도 않았어."

세 사람이 동시에 고개를 돌리고 멀찍이 서 있는 도연을 힐끔 바라보았다. 도연은 물에 잠긴 레일을 내려다보며 묵묵히 서 있었다.

"…걸리면 저희 다 잘리는 거 아니에요?"

세은이 걱정스러운 얼굴로 묻자 민규가 거들먹거리며 대답했다.

"잘리긴 뭘 잘려. 내가 여기 짬바가 몇 년인데."

"너 이 안에 들어가 본 적은 있어?"

"당연하지. 여기 시설 보완할 때 기사들 따라서 몇십, 아니 몇백 번을 들어갔는데. 그런데 몰래 들어가서 밤새우는 건 이번이 처음이지."

"이거 완전 또라이네."

"너 아무리 동갑이어도 선배한테 못 하는 말이 없다?"

"이게 선배다운 발상이냐고!"

"야, 걱정하지 마. 진즉에 루트 다 꿰뚫어놨어. 우리 오늘, 이 안에 진짜 귀신이 있는지 없는지 직접 확인할 거야. 재밌을 것 같지 않아?"

"됐고, 네가 총대 멨으니까 걸리면 네가 다 책임 져."

"그래도 너 안 가겠다는 소리는 안 한다? 그리고 혹시라도 재수 없어서 위에 걸리면 내가 물에 폰 빠뜨려서 다 같이 찾으러 들어간 거라고 말 맞추면 돼. 세은이 너도 당연히 같이 할 거지?"

"민규 선배는 제가 못 하겠다고 해서 안 데려갈 사람 아니잖아요."

"그렇고말고. 우리 세은이를 위해서 준비한 이벤트인데."

그 말에 세은이 한 손으로 이마를 짚으며 질렸다는 표정을 지어 보였다.

"솔직히 나도 몰래 여기 들어가서 담력 체험 한번 해보면 어떨까 하고 생각해 본 적은 있거든? 근데 이걸 진짜 실행시키는 새끼가 있네?"

진호가 기가 차다는 듯 헛웃음을 치며 말했다.

"아무튼 지금 작전을 짤 거야. 오늘 일 끝나면 옷 갈아입고, 퇴근 찍고 다시 여기로 와. 소희랑 재근이도 바로 올 거니까 다섯 명 모이면 다 같이 들어가자. 그리고 이 안에서 돌아다니다가 동 트기 전에 다시 빠져나오는 거야. 여기 보안 생각보다 되게 허술해. 이 넓은 곳에 경비가 딱 한 사람이라는 게 말이 돼? 그리고 그 아저씨, 되게 대충대충 둘러보거든. 그러니까 들키는 건 걱정하지 마."

그때, 막 관람을 마친 보트가 들어왔다. 세 사람은 일제히 비밀 작전 짜는 것을 멈추고 탑승객들을 향해 손을 마구 흔들며 멘트를 날렸다.

"지옥탐험보트 즐거우셨나요? 너무너무 아쉽지만, 이제는 헤어질 시, 간! 두고 가는 짐은 없는지 확인하시고, 두고 가는 친구는 없는지 확인하시고! 모두 모두 안녕히 가, 세, 요!"

놀이공원이 영업을 마치고 모든 어트랙션이 작동을 멈춘 저녁 9시. 도연은 평소처럼 9시 정각이 되자마자 인사를 꾸벅 하고서는 잰걸음으로 어트랙션 플랫폼에서 나갔다. 나머지 세 사람도 그런 도연에게 어색하게 손을 흔들며 인사했다. 진호와 세은은 약속대로 퇴근 처리를 위해 탈의실로 향했다. 사무실에 도착해 출입증을 센서에 찍고 난 다음, 진호가 주변을 한번 둘러본 후 세은에게 조용히 말했다.

"나 진짜 어이가 없다. 엠티 장소가 지옥탐험보트였다니. 민규 저 새끼는 완전 제 멋대로야."

"그러게 말이에요. 근데 저도 예전부터 담력 훈련 한번 해보고 싶긴 했어요. 여기가 옛날부터 소문이 워낙 자자하니까요."

"얘가 생각보다 겁이 없다? 아무튼 천천히 옷 갈아입고 나와."

"네!"

평상복으로 갈아입은 두 사람이 지옥탐험보트 플랫폼 안으로 돌아가자, 제어실 뒷정리를 하고 있던 민규가 걸어나오며 말했다.

"소희랑 재근이도 곧 도착한대."

민규의 말이 끝나기가 무섭게 어트랙션 대기 줄 입구에서부터 경쾌한 발소리가 들려왔다.

"안녕하세요! 아까 뒤에서 두 분 들어가시는 거 봤지롱."

소희가 발소리만큼이나 밝고 가벼운 목소리로 인사하며 들어왔다. 만나서 함께 왔는지 재근도 웃음기를 띤 목소리로 말했다.

"여길 이렇게 또 들어와 보네. 다들 잘 지냈지?"

"다들 오느라 수고했어. 어차피 우리 다 같이 점심 먹은 적 몇 번 있으니까 통성명은 필요 없지? 그리고 오늘 이 자리는 세은이의 지옥탐험보트 입성 기념 엠티야."

민규가 세은의 어깨를 잡고 가운데로 끌고 오자, 세은은 민망한 듯 웃어 보이며 말했다.

"벌써 한 달도 더 됐는데…."

"…어? 근데 재근이 너 가방은?"

민규가 재근을 향해 묻자, 재근이 머리를 탁 치고 탄식했다.

"악! 맞다!"

"그걸 놓고 오냐?"

"쏘리. 탈의실 캐비닛 안에 있어. 얼른 갔다 올게."

민규의 짜증에 재근이 밖으로 황급히 뛰쳐나갔다.

"그럼 나는 소희랑 재근이랑 같이 금방 따라서 들어갈게."

민규의 말에 진호가 대답했다.

"알았어. 그럼 멀리 안 가 있을게."

"이따 봬용!"

여전히 경쾌한 목소리의 소희가 진호와 세은에게 양손

을 흔들었다.

진호가 앞장서고 세은이 그 뒤를 따라 어트랙션 내부로
들어갔다. 두 사람은 내리막길을 따라 인조 바위를 조심스
럽게 내디디며 안쪽으로 향했다. 물살은 멈춰 있고, 레일
작동 소리나 마네킹들의 멘트도 들리지 않아 고요했다. 입
구에서 입구까지 큰 원으로 쭉 이어지는 루트를 따라 물속
에 잠긴 레일의 양옆으로 들쭉날쭉한 바위 모형이 쭉 놓여
있었다. 바위 옆으로는 지옥의 풍경을 재현한 세트장이어
서, 두 사람은 발 놓을 곳을 살펴 사이사이를 밟으며 안으
로 더 들어갔다. 곳곳에는 노란빛의 비상등이 희미하게 켜
져 있었다.

"우리 어디서 기다리면 돼요?"

세은의 목소리가 인조 동굴 안에 울려 퍼졌다.

"너무 안으로 들어가지 말고 입구 근처에서 애들 기다
리자."

메아리가 된 세은의 목소리 위에 진호의 목소리가 덮이
며 울렸다.

"매일 출근하고 개장 전에 점검할 때랑 이렇게 영업 끝

나고 들어와서 보는 거랑 분위기가 엄청 다르네요…. 꺄아
악!"

그때, 세은이 발을 헛디뎠다. 앞서 가던 진호가 재빠르
게 몸을 돌려 세은의 팔을 잡은 덕에 세은은 물속에 빠지
지 않았다.

"으아, 죄송해요. 진짜 큰일 날 뻔했네"

"밑에 울퉁불퉁하니까 제발 잘 보고 다녀! 내가 다 심
장 떨어질 뻔했다!"

"네에…"

세은은 민망한 미소를 머금고 기어가는 목소리로 대답
했다. 이윽고 두 사람 앞에 시체와 해골이 겹겹이 쌓인 모
형이 보였다. 지옥탐험보트에서 가장 먼저 나오는 지옥에
다다랐다는 뜻이었다. 시체와 해골 더미 옆에 온몸이 빨간
도깨비 마네킹이 커다란 칼을 들고 서 있었다. 매일 아침
놀이공원이 개장하기 전에 직원들끼리 설비 점검을 위해
보트에 올라타 어트랙션에 이상이 없는지 확인한 다음에
야 일반 탑승을 시작하기에 지겹도록 봐온 것이다.

"지금부터 너희들은 지옥 세계에 들어오고 말았다! 아
주 무시무시한 일이 펼쳐질 거야. 그리고 다시는 여기서

나갈 수 없을 것이다! 크하하하…”

진호가 도깨비 마네킹의 움직임과 멘트를 그대로 따라 하자 세은이 박수를 치며 깔깔 웃었다.

“아, 완전 똑같아! 얘 치우고 앞으로 진호 선배가 대신 여기 서서 일하면 되겠어요. 온통 빨갛게 칠하고.”

“어우, 진짜 싫다.”

“월급 얼마 주면 할 수 있을 것 같아요?”

“지금 월급에서 100만 원 더 주면 고려해 볼 수는 있겠 다.”

“푸하하!”

진호와 세은은 키득거리며 모형들 가까이로 다가갔다. 세은이 휴대폰의 플래시를 켜고 시체 모형 더미 앞으로 다 가가 자세히 들여다보니 엉성한 붓질이 눈에 들어왔다.

“가까이서 보니까 생각보다 대충 만들었는데요?”

“30년 전 기술이 다 그렇지, 뭐.”

진호는 그렇게 말하며 도깨비 마네킹의 코앞까지 얼굴 을 들이밀고 플래시를 그 얼굴에 비추며 자세히 살펴보았 다. 역시나 대충 칠한 듯한 붓질과 지문 자국이 눈에 띄었 다. 그런데 안구는 어딘가에서 퀄리티 있는 모형을 사와서 끼워넣기라도 한 건지, 핏줄이나 동공 묘사가 실제 눈과 흡사했다. 그때, 휴대폰 벨소리가 아주 크게 동굴 안에 울렸다. 깜짝 놀란 진호가 가슴께를 쓸어내렸다. 화면을 보니 민규였다.

"아오, 씨! 깜짝이야…. 여보세요?"

—너네 지금 어디냐? 우리 이제 들어간다.

"우리 아직 입구에서 별로 안 왔어. 그 시체 쌓여 있고 빨간 도깨비 있는 데야."

—알겠어. 거기 계속 있어.

그리고 잠시 후, 뒤에서 시끄러운 말소리가 울리기 시작하더니 나머지 세 사람이 안으로 들어오는 모습이 보였다.

"기다렸지? 우리가 뭘 갖고 왔는지 알아?"

재근이 가방을 펼치고 그 안에 잔뜩 든 술병을 보여주자 소희도 옆에서 거들며 말했다.

"나도 안주랑 돗자리 가져왔어."

"대박! 이걸 다 언제 준비했어?"

눈을 크게 뜨고 놀라는 진호에게 민규가 대답했다.

"오늘을 위해서 우리 셋이 미리 사둔 거야. 정산은 나가서 할게. 세은이는 내지 말고."

"아싸! 그럼 자리는 어디에 잡을까요?"

세은이 신난 듯 자리에서 폴짝폴짝 뛰며 말했다.

"내가 벌써 다 파악해 놨지. 여기서 얼마 안 가서 칼날 숲 있잖아. 그 근처에서 비상구로 통하는 곳에 빈 공간이 있어"

민규가 앞장서고 나머지 네 명이 그 뒤를 따랐다. 조금 더 들어가자, 칼날이 가득한 숲으로 꾸며진 세트장에 상처를 입고 피를 흘리는 모습의 마네킹들이 있었다. 민규의 말대로 그 옆에 비상구로 통하는, 세 평 남짓 되는 빈 공간이 보였다.

"이런 데가 있었어? 예전에 일할 때는 전혀 몰랐는데."

재근의 말에 민규가 답했다.

"이런 빈 공간이 생각보다 많더라고."

"음악 틀어도 되지?"

소희가 휴대폰으로 음원 사이트 톱100을 재생하자 경쾌한 인기 아이돌 그룹의 음악이 그 안에 울려 퍼졌다. 그러자 재근이 무표정으로 막춤을 추기 시작했고, 민규도 가방에서 술병을 마저 꺼내다 말고 따라 췄다. 그 모습을 본 나머지 세 명은 박수를 치며 깔깔 웃었다.

돗자리 위에는 다섯 사람과, 가운데에는 초록과 갈색의 술병들, 안주와 과자가 잔뜩 놓였다. 동굴 안에는 그들의 왁자지껄한 말소리가 울리고 있었다.

"민규랑 소희가 몇 년 됐지?"

"우리? 우리가 지금 얼마나 됐냐?"

재근의 물음에 민규가 옆에 있던 소희에게 고개를 돌려 물었다. 그러자 소희가 민규의 등을 세게 내리치며 말했다.

"야이 씨, 너는 그것도 몰라? 1년 반 다 되어가잖아."

"알아, 알아. 당연히 폰 화면에 디데이 해놨지."

"세은 씨는 몇 살이에요?"

이번에는 소희가 세은에게 붙임성 있는 말투로 묻자 세은이 조금 쑥스러운 듯 대답했다.

"올해 스무 살 됐어요."

"우와, 완전 애기구나. 역시 스무 살 피부는 달라."

"그래봤자 너도 세은이보다 네 살밖에 안 많잖아. 아니다, 네 살이나 많은 건가?"

"너 왜 자꾸 나 공격해? 남친 맞냐?"

짧지 않게 만난 커플의 전형처럼 편하게 투닥대는 민규와 소희를 보며 세은은 가슴 한구석이 살짝 저릿해 오는 것을 느꼈다. 잠시 멍하니 앉아 있던 세은에게 소희가 다시 물었다.

"세은이라고 편하게 불러도 되죠? 세은이는 남친 있어?"

"저요? …없어요."

"그럼 여기서 재근 씨랑 진호 씨랑 민규, 이 세 사람 중에 누가 그나마 제일 괜찮아?"

"하하…"

세은이 어색한 웃음을 지어 보이자, 민규가 어이없다는 듯 소희에게 다그쳤다.

"너는 쓸데없이 그런 질문을 왜 해?"

"왜, 물어볼 수도 있지."

분위기에 맞춰 애써 웃던 진호는, 며칠 전 업무 시간에 제어실 옆 구석에서 민규와 세은이 입을 맞추는 모습을 우연히 봤다. 심지어 민규의 한 손은 세은의 가슴 위에 있었다. 첫눈에 세은에게 호감을 느꼈던 진호에게는 충격적인 광경이었다. 아마 민규와 세은은 진호가 그 모습을 목격했다는 사실을 모를 것이다. 그리고 진호의 눈에는 소희도 그런 두 사람의 관계를 아직 눈치채지 못한 듯 보였다.

분위기가 점점 무르익어 갈 즈음, 재근이 자리에서 일어나며 말했다.

"아, 나 오줌 마려운데 어디서 싸야 되냐?"

"그냥 물에다 눠. 어차피 여기 물 순환되는 거라 오염 좀 돼도 아무도 모를걸."

민규가 말하자, 소희도 그 옆에서 장난기 섞인 말투로 거들었다.

"재근 씨, 그런 건 굳이 말하지 말고 조용히 가서 싸고 오세요."

"예, 예. 알겠습니다."

자리에서 나온 재근이 두리번거리며 적당한 장소를 물색하는 동안 말소리와 음악 소리는 점차 멀어졌다. 재근은 칼날 숲 맞은편의 바위 위에 서서 지퍼를 열고 물속을 향해 조준했다. 재근이 물 위에 거센 파동이 이는 것을 내려다보고 있던 도중, 왠지 아까부터 이쪽을 보는 듯한 시선이 느껴졌다. 재근은 용변을 보면서도 눈은 칼날 숲 쪽으로 고정했다. 어두워서 정확히 보이지는 않지만 누군가가 칼날 숲 한가운데에 서 있는 듯했다. 순간 등줄기에서부터 소름이 올라오는 것을 느낀 재근은 눈을 찡그리며 그

것을 더 명확히 보려고 했다. 처음 보는 마네킹이었다. 풀어헤친 긴 머리에 온통 검은 옷을 입고 있었고, 얼굴은 잘 보이지 않았다. 원래는 그 자리에 마네킹이 없었기에 새로 설치된 마네킹이겠거니 했다.

"아따, 거참 존나 무섭게 잘 만들어놨네. 이런 건 언제 또 새로 만들어서 가져다 놨대…"

그렇게 중얼거리며 한동안 그 마네킹을 응시하던 재근은 지퍼를 올린 뒤 주머니에서 휴대폰을 꺼내 들었다. 그리고 카메라를 켜고 영상 녹화 버튼을 눌러 그쪽을 찍기 시작했다.

"이딴 거 만들 돈으로 월급을 더 올려주시던가요."

어두운 화면 속에서 그 모습이 점차 윤곽을 잡아갔고, 재근은 화면을 보며 두 손가락을 이용해 피사체의 크기를 늘렸다. 곧 마네킹의 얼굴이 화면에 가득 찼다. 노이즈가 잔뜩 낀 얼굴은 머리카락과 옷처럼 까매서 눈코입이 정확히 구별이 되지 않았다.

"…얼굴도 없이 뭐 이따위로 만들어놨어?"

재근은 계속 중얼거리며 그 검은 얼굴을 보고 있었다. 그 순간, 화면 속 검은 얼굴이 빨간 두 눈을 번뜩 뜨며 입을 찍 벌렸다.

"으아악!"

깜짝 놀란 재근은 휴대폰을 손에서 놓치고 말았다. 휴대폰은 재근이 용변을 봤던 물속으로 퐁당 소리를 내며 빠졌다.

"아오, 씨! 방금 대체 뭐야?"

휴대폰을 건져내려면 가슴까지 오는 물에 몸을 완전히 넣고 잠수를 해야 했다. 다시 칼날 숲 쪽을 쳐다보자, 아까 본 검은 마네킹은 감쪽같이 사라져 있었다.

"뭐야, 갑자기 어떻게 사라진 거야?"

재근은 헛것을 본 듯 두 눈을 부볐다.

"그나저나 진짜 미치겠네…"

재근은 인상을 잔뜩 쓰며 물속으로 들어갔다. 어두운 물속은 바로 앞도 잘 보이지 않을 것 같았다. 재근은 숨을 크게 쉰 다음 코를 막고 머리까지 넣어 손으로 바닥을 헤집었다. 하지만 손에 만져지는 건 물때가 쌓인 미끄러운 바닥과 레일 아랫부분의 철골이었다. 다시 숨을 쉬기 위해 물 밖으로 머리를 들어 올린 그 순간이었다.

재근의 바로 코앞에 아까 그 검은 존재가 바위 모형 위에서 거미처럼 몸을 굽힌 채 입을 찢어질 듯 크게 벌리고 그를 노려보고 있었다.

한동안 세 사람의 떠드는 소리를 듣고 있던 세은이 입을 열었다.

"…저도 화장실 가고 싶어졌어요."

"그래? 근데 세은이 얘를 어디서 볼일 보게 하지? 내가 여자애들 용변 보는 건 미처 생각을 못 했네."

민규의 말에 소희가 대꾸했다.

"그러게. 나도 이따 화장실 가고 싶어지면 어떻게 해? 밖에 나갔다 오면 되나?"

"너무 멀어. 그냥 물에다 후딱 눠."

대충 넘기려는 민규의 말투에 소희가 입을 삐죽거렸다.

"민규 선배가 여기 잘 아니까 저랑 잠깐 같이 가서 용변 볼 자리 좀 찾아주세요."

세은의 그 말에 민규가 몸을 일으켰다.

"…그럴까?"

자리에서 일어나 함께 나가는 민규와 세은을 소희가 조금 미묘한 표정으로 응시했다. 진호는 그런 소희의 얼굴을 지켜보고 있었다.

"…오빠. 뭐예요? 여기에 저 언니가 왜 같이 있어요?"

술자리에서 조금 떨어진 곳까지 가자, 세은이 민규를
날카로운 눈빛으로 올려다보며 물었다.

"아이, 왜 그래. 같이 오고 싶다고 조르길래 데려왔지."

민규는 벌써부터 살짝 취한 듯 헤실헤실 웃으며 세은을
껴안으려 했다. 하지만 세은은 그런 민규를 밀쳐냈다.

"지금 저 갖고 노는 거예요? 맨날 헤어진다, 헤어진다
말만 하고. 저는 언제까지 이렇게 바보같이 기다려야 되는
데요?"

"쉿, 쉿. 다 들려. 세은아, 조금만 기다려. 소희랑은 금
방 끝낼 거야."

민규는 세은을 와락 껴안았다. 저항하기를 빠르게 포기
한 세은은 민규의 품에 가만히 안겼다. 이어서 두 사람은
입을 맞췄다.

한편, 술자리에는 진호와 소희, 두 사람만 남아 있었다.

"…세은이란 친구는 일 잘해요?"

"뭐… 어린데도 나름 잘 하더라고요. 별로 혼낼 일도

없고."

소희의 물음에 진호가 안주를 집어 들며 대답했다.

"…진호 씨. 저 혹시 하나만 물어봐도 돼요?"

"네? 어떤 거요?"

"혹시 민규랑 세은이라는 애, 어떤 사이에요?"

"네…? 어떤 사이라니요?"

"좀 안 좋은 촉이 느껴져서요. 민규가 너무 필요 이상으로 세은이를 챙겨주는 것 같아서…"

진호의 생각과는 다르게 소희는 이미 두 사람의 관계를 눈치챈 모양이었다. 그렇다고 자신이 목격한 장면을 사실대로 전달할 수도 없었던 진호는 당황한 기색을 보이지 않기 위해 애를 썼다. 소희는 질문을 이었다.

"혹시 같이 일하면서 뭐 느끼거나 본 건 없으세요?"

"어… 네. 저는 딱히 아무것도 못 느꼈어요."

"…그래요? 아무튼 제가 진호 씨한테 물어본 건 꼭 비밀로 해주셔야 돼요."

"그럼요. 제가 이런 걸 왜 말하겠어요."

그때, 두 사람의 인기척이 들려왔다. 소희는 술자리로 돌아오는 민규와 세은을 향해 장난스러운 목소리로 물었다. 방금 전과는 사뭇 다른, 밝은 얼굴이었다.

"뭐야? 둘이 같이 볼일 본 거야?"

"무슨 웃기는 소리야. 혹시라도 세은이랑 재근이랑 마주칠까 봐 망 봐줬어."

"네가 세은이 훔쳐본 건 아니고?"

"무슨 그런 저질 농담을 하냐?"

민규는 인상을 쓰고 헛웃음을 치며 돗자리 위에 앉았다. 그 모습을 지켜보던 진호는 두 여자를 가지고 노는 민규가 뻔뻔스럽게 느껴진 동시에 앞에 앉아 있는 두 여자가 안타깝게 느껴졌다.

민규를 향한 불쾌한 감정은 그동안 꾸준히 느껴오던 것이었다. 진호는 마음속으로 민규에게 '여직원 킬러'라는 별명을 붙여놓고 있었다. 세은이 들어오기 전에 나간 여직원도 민규와 그렇고 그런 사이였다가 결국 버림받고 퇴사했다는 사실을 민규에게서 직접 듣기도 했다. 민규는 그 직원을 대신해 들어온 세은에게도 손을 댄 것이었다. 그리고 몇 달 전 진호와 민규가 단둘이서 술을 마실 때, 민규의 또 다른 전 애인이 헤어지고 얼마 안 돼서 스스로 목숨을 끊었다는 것도 만취한 민규의 입에서 들었다. 어린 나이에 결혼까지 약속한 사이였는데 제대하고 나니 그게 부담스러워 양다리를 걸친 후 일부러 들켰고, 상대는 그 충격과 슬픔에 극단적인 선택을 했다고 건너 건너 들었다는 말도 아무렇지 않은 표정으로 말했다. 혀가 잔뜩 꼬인 민규는 '내가 이렇게 치명적이고 독성 강한 남자라니, 피곤하다 피곤해.'라며 한심한 말을 이었다.

"세은 씨는 어떻게 여기서 알바하게 됐어요?"

소희의 질문에 세은이 차분한 목소리로 대답했다.

"어릴 때부터 부모님이랑 여기에 자주 놀러왔는데, 이 지옥탐험보트를 제일 좋아했어요."

"세은이 취향 참 특이하네."

진호의 그 말을 민규가 맞받아쳤다.

"왜? 여기 좋아하는 사람 생각보다 엄청 많아. 여기 매년 인기 어트랙션 톱3 안에 들어가는데."

"저… 민규 선배랑 소희 선배는 어떻게 만나셨어요?"

갑자기 치고 들어온 세은의 질문에 민규가 답했다. 그런 민규의 얼굴에는 당혹감 따위는 보이지 않았다.

"우리 둘이 비슷한 시기에 입사했거든? 그때 들어온 사람들끼리 자주 모여서 놀고 하면서 친구처럼 지내다가 소희 얘가 갑자기 나한테 고백했어."

"야, 웃기지 마! 네가 먼저 사귀자고 해놓고는!"

"세은아. 얘 지금 거짓말 치는 거야. 지가 먼저 고백한 거 맞는데 부끄러워서 이래."

장난기 가득한 민규의 말투와는 달리 세은의 표정은 영 좋지 않았다.

"민규 얘가 먼저 고백한 거 맞을 거야. 근데 재근이 얘 왜 이렇게 안 와? 똥 싸나?"

진호의 말에 소희와 민규도 의아하다는 투로 말했다.

"그러고 보니 재근 씨 왜 이렇게 안 와? 취해서 어디 누워서 자고 있나?"

"똥을 이렇게 오래 싸? 걔 진짜 물에다 똥 쌌으면 나 당장 여기 퇴사한다."

"얘 찾으러 가봐야 하나?"

진호가 자리에서 몸을 일으키며 말했다.

"소희야. 잠깐 음악 꺼봐."

민규의 말에 소희가 얼른 일시 정지를 누르자, 내부는 거짓말처럼 고요해졌다. 네 명 모두가 숨을 죽이고 몇 초간 고요의 소리를 들었다. 그러다 소희가 다시 입을 열었다.

"아무래도 찾으러 가봐야 하는 거 아니야? 재근 씨가 덩치에 비해서 술이 좀 약하긴 하잖아."

결국 네 사람은 자리에서 일어나 재근이 향했던 방향으로 다 같이 걸어갔다. 그런데 그 순간, 갑자기 물살이 흐르기 시작했다.

"…뭐야? 갑자기 이게 왜 흘러가?"

"누가 작동 버튼 눌렀나? 재근인가?"

이어서 어트랙션 안의 모든 조명이 켜지면서 여기저기서 마네킹들이 말하는 소리와 지옥탐험보트의 배경음악이 들려오기 시작했다. 동굴 안은 온갖 소리로 가득 찼다.

"뭐야? 지금 이거 무슨 상황이야?"

"아무래도 정재근, 걔가 밖으로 나가서 우리 겁주려고 작동 버튼 누른 거 같은데?"

"잠깐만요… 선배들…"

세은이 눈을 크게 뜨고 떨리는 목소리로 말했다.

"저거… 뭐예요…?"

세은이 손가락으로 가리키는 대로 그들의 시선이 닿은 곳에는 누군가가 물에 둥둥 뜬 채 물살을 따라 이쪽을 향해 흘러오고 있었다. 가까이 다가온 그는 여기저기 살점이

뜯기고 피투성이가 된 재근이었다.

"으아아아아악!"

그것을 본 네 사람은 너나 할 것 없이 날카로운 비명을 터뜨렸다.

"이게 대체 무슨 일이야!"

"저거 진짜 재근이 맞아?"

"얼른 입구로 가!"

그때였다. 찢어지는 웃음소리가 동굴 안에 울려 퍼졌다.

"입구? 여기로 들어온 이상 출구는 없어."

사방으로 크게 울리는 그 목소리가 들린 곳을 바라보니, 머리부터 발끝까지 온통 검은 여자가 빨간 눈을 이글거리며 배시시 웃고 있었다. 뾰족하게 마구 돋아난 이빨도 막 누군가를 실컷 뜯어먹은 듯 모두 새빨갰다. 그 끔찍한 모습에 네 사람은 숨이 멎을 뻔했다. 여자가 몸을 날리듯 그들 앞으로 빠르게 다가오자, 네 사람은 비명을 지르며 도망쳤다. 울퉁불퉁한 바위 위로 넘어졌다가 다시 일어서서 달리기를 반복하며, 어느새 그들은 아까 있던 자리보다 더 안쪽으로 들어와 있었다.

"방금 대체 뭐야? 저런 건 여기에 없었는데!"

민규가 가쁜 숨을 내쉬며 격앙된 목소리로 말했다.

"마네킹이라고 하기엔 너무 리얼하지 않아?"

소희에 이어 진호도 다급한 목소리로 말했다.

"혹시 저놈이 정재근을 그렇게 만든 거 아냐?"

"우리 어떻게 해야 돼…? 나 지금 이 상황이 꿈인지 현실인지 모르겠어…"

소희의 목소리는 불안하게 떨리고 있었고, 세은도 겁에 질린 얼굴로 주변을 두리번거리며 눈물을 흘렸다. 그때, 네 사람의 눈에 보트 하나가 그들을 향해 흘러오고 있는 것이 보였다. 민규가 보트를 가리키며 말했다.

"저기라도 올라탈까? 타고 쭉 가면 출구랑 이어지잖아."

"아까 출구도 없다고 그 시커먼 여자가 그랬잖아…"

소희가 여전히 겁에 질린 목소리로 말했다.

"일단 어떻게든 출구 쪽으로 가보자."

결국 네 사람은 보트 위로 몸을 던졌다. 한 사람씩 올라탈 때마다 보트가 심하게 흔들리며 물이 출렁였다.

보트는 개장 점검을 할 때처럼 그들을 태우고 물살을 따라 유유히 흘러갔다. 하지만 그 위에 올라타고 있는 네 사람은 모두 공포와 불안감에 휩싸인 채 눈동자를 이리저리 굴리며 주위를 살피고 있었다. 곳곳에 있는 마네킹들은 더 이상 삐걱거리며 어색하게 움직이지 않았다. 이제는 마치 불사의 생명을 얻은 듯, 사신이 되어 있는 마네킹들은 생생하고 활발하게 움직이며 죄인들을 벌하고 있었다. 죄인들 또한 더 이상 엉성한 마네킹이 아니었다. 빨갛게 달궈진 쇠판에 누운 채 연기를 내뿜으며 구워지는 죄인들, 펄펄 끓는 물에 두 손을 넣고 고통스러워하는 죄인들, 가시가 잔뜩 박힌 무거운 돌을 벌벌 떨리는 두 팔로 들고 있는 죄인들, 얼음 속에 갇혀 손과 발이 이미 까맣게 썩어버린 죄인들, 뱀에게 온몸이 휘감긴 채 신음 소리도 내지 못하는 죄인들, 두껍고 커다란 돌과 돌 사이에 짓눌린 죄인들, 쇠꼬챙이에 몸 여기저기를 찔린 채 불로 태워지는 죄인들…. 그들이 내지르는 처절한 비명이 원래보다 더 생생하고 크게 들려왔다. 공포와 고통으로 일그러진 표정은 정말 그들이 지옥에 떨어져 주어진 형벌을 받고 있다고 믿게끔 만들었다. 민규, 진호, 세은이 일하는 일터이자 매일같이 질리도록 봐오던 그동안의 지옥탐험보트 세트장은 살짝 엉성한 느낌이었다면, 지금 그들이 갇힌 채 떠도는 이곳은 실존하는 지옥으로 보였다. 아니, 생생한 지옥 그 자체였다. 입을 벌린 채 공포에 질린 눈으로 눈앞에 펼쳐진 끔찍한 현장을 지켜보고 있던 네 사람과, 형을 집행하며 벌을 주던 사신들의 시선이 마주쳤다. 사신들은 물 위로 지나가는 네 사람을 내려다보며 뾰족하고 기다란 칼이나 창을 휘두르고 위협하며 장난질했다. 네 사람은 그럴 때마다 몸을 피하며 비명을 질렀고, 그런 모습을 본 사신들은 낄낄대며 표독스럽게 웃어댔다.

이윽고 그들의 눈앞에 온몸이 파랗고 몸집이 5층 건물만 한 사신 둘이 커다란 톱을 하나씩 들고 휘두르는 광경이 펼쳐졌다. 원래는 기계 티를 내며 삐걱거리고 둔하게 움직였지만 지금은 마치 살아 있는 듯, 아니 사신 그 자체인 듯 톱을 현란하게 휘두르고 있었다. 네 명을 태운 보트는 속절없이 그 가까이로 다가가고 있었다. 그들은 몸이 굳은 채 그 모습을 올려다보고 있었다.

그때였다. 문득 표정이 변한 소희가 옆에 있던 세은을 앞으로 밀쳤고, 하마터면 세은의 머리가 사신이 휘두르는 칼에 스칠 뻔했다. 중심을 잃은 세은은 비명을 지르며 물속으로 풍덩 빠졌다.

"너 이게 무슨 짓이야!"

민규가 소희를 향해 윽박지르자 소희는 분을 이기지 못하고 그보다 더 크게 윽박질렀다.

"저런 애는 벌 받아도 싸! 그리고 박민규 너도 죽어! 죽어버리라고!"

그때였다.

"그것참 요란스러운 놈이군."

흥분해 날뛰는 소희를 향해 한 놈이 손을 쑥 뻗어 몸을 낚아채며 말했다. 그 목소리와 소희의 비명이 동굴 안에 쩌렁쩌렁 울렸다.

"꺄아아아아아악!"

놈이 커다란 손으로 소희의 상체를 쥐었고, 다른 한 놈이 엄지와 검지로 소희의 팔 한쪽을 잡아당기기 시작했다.

"으아아! 안 돼!"

그 광경을 눈앞에서 보고 있던 세 사람이 할 수 있는 일은, 속절없는 비명을 마구 내지르는 것뿐이었다.

"아아아아악! 제바아아알! 살려줘!"

눈앞에 닥친 죽음의 공포에 소희가 발악하며 소리쳤으나, 이어서 한 놈이 다른 한 손에 든 톱을 몸 위로 힘껏 내리쳤다. 그와 동시에 아래에서 그 광경을 목도하고 있던 세 사람의 얼굴 위로 검붉은 피가 흩뿌려졌고, 이어서 다른 놈이 보트를 향해 손을 뻗었다. 그러나 보트에 남아 있던 재근과 민규는 아슬아슬하게 물속으로 몸을 던져 피할 수 있었다. 그들은 최대한 물 아래쪽으로 잠수하며 몸을 숨기고 앞으로 나아가려 했다. 물 밖에서 목소리가 쩌렁쩌렁하게 울렸다.

"도망칠 수 있으면 도망쳐 보던지! 그래봤자 여긴 지옥 안이니까! 크하하하…"

원래 이 어트랙션에서 나오던 멘트였지만, 더욱 생생하고 끔찍하게 울려 퍼졌다.

세 사람은 계속해서 물속에 몸을 숨긴 채 앞으로 기어가며, 중간 중간 물 위로 고개를 쳐들고 숨을 쉬었다. 한참을 가던 도중, 민규 뒤로 따라가던 진호의 눈동자에 살기가 비쳤다. 진호는 민규가 숨을 쉬기 위해 물속에서 얼굴을 내밀려고 하던 그 순간, 민규의 정수리를 있는 힘껏 눌렀다. 당황한 민규는 양팔을 사정없이 흔들며 거세게 물장구를 쳤다. 그 모습을 지켜보던 세은이 소리쳤다.

"진호 선배! 갑자기 왜 그래요!"

진호는 대꾸도 않고 계속해서 민규의 머리와 어깨를 짓눌렀다. 세은은 그런 진호를 말리려고 했지만, 살기가 잔뜩 어린 진호의 얼굴을 보고 겁에 질려 멈출 수밖에 없었다. 당하기만 하던 민규도 진호에게 반격을 가하기 시작했고, 두 사람은 물속에서 마구 엉겨 붙으며 난투극을 벌였다. 이윽고 세은의 시야에 그 주위로 하나둘 몰려드는 사신들이 보였다. 그들은 성난 개처럼 싸우고 있는 두 사람을 가소롭다는 듯 내려다보고 있었다. 어떤 사신은 주먹을 불끈 쥐어 보이며 응원하는 동작을 취하기도 했다. 그중 온몸이 탁한 보라색이고 눈알이 당장이라도 튀어나올 것처럼 생긴 사신 하나가 소리쳤다.

"이 싸움에서 진 죄인은 우리가 데려간다. 어디, 더 열심히 싸워봐. 아주 재밌구만, 재밌어"

그 광경을 보고 있던 세은은 몸이 덜덜 떨리고, 이빨이 딱딱 부딪혔다. 그리고 얼마 후, 얼굴이 피투성이가 된 민규가 정신을 잃고 물 위로 힘없이 축 늘어졌다. 진호도 상처가 가득한 얼굴로 숨을 가쁘게 몰아쉬었다. 사신 하나가 신난다는 얼굴로 기다란 쇠 집게 하나를 가지고 와서 민규의 몸을 건져냈고, 바위 위로 올려진 민규의 몸은 속절없이 그들의 손아귀에 질질 끌려갔다.

"너희한테는 이 지옥을 더 즐길 기회를 주겠다. 어차피 각자 자리에 들어가게 되겠지만. 조금 더 구경하다가 다시 또 보자고. 크하하하…"

진호와 세은은 그 말에 기겁하며 물속으로 다시 몸을 숨겼다.

그렇게 계속해서 앞으로 나아가다, 두 사람은 물 밖으로 고개를 쳐들고 참았던 숨을 거칠게 내뱉었다. 그러자 이번에는 바위 위에 해골들이 뼈를 흔들거리며 돌아다니는 게 보였다. 평소에는 줄에 매달린 채 제자리에서 어색하게 삐걱거리는 모형들이었다. 해골 하나가 물속에 있는 둘을 발견하고 가까이 다가왔다. 진호가 그 두개골을 한쪽 팔로 세게 치자, 해골은 와르르 무너지며 물속으로 쏟아졌다. 생각보다 약한 것 같았다.

"이 위로 올라가자. 얘들은 내가 처리해 볼게!"

"선배, 얘네 너무 징그러워요…"

또 달려드는 해골 하나를 진호가 쳐냈고, 그 해골도 산산조각 나며 물속으로 떨어졌다. 곧 진호가 먼저 바위 위로 올라갔다. 진호는 계속해서 이쪽으로 다가오는 해골들을 향해 주먹을 마구 휘두르며 쳐냈고, 재빨리 세은의 손을 잡고 끌어 올렸다. 그때 해골 하나가 진호의 등 뒤에서 목을 조르려는 걸 세은이 발견하고 소리쳤다.

"선배, 뒤에!"

진호가 잽싸게 몸을 돌려 해골을 가격했고, 그렇게 수많은 해골이 진호의 주먹에 연약한 퍼즐처럼 무너져 내렸다. 심지어 세은의 어설픈 주먹질에도 손쉽게 무너졌다. 두 사람은 계속 이어지는 바위 위를 껑충껑충 뛰며 몸을 피할 곳을 찾아다녔다.

한참을 달린 끝에 몸을 숨길 만한 좁은 통로가 보였다. 그늘지고 어두운 곳이었기에 누구든 쉽게 발견할 수 없을지도 몰랐다. 그 안으로 잽싸게 들어간 그들은 쓰러지다시피 바닥에 몸을 누이고, 어깨를 들썩거리며 가쁜 호흡을 내뱉었다.

"진호 선배… 지금 이게 다 무슨 일일까요…"

"그러게 말이다. 우리 지금 악몽이라도 꾸나?"

"악몽이 어쩜 이렇게 생생하죠? 그럼 지금 내 옆에 있는 진호 선배도 제 꿈속에 있는 걸까요?"

"나도 이 모든 게 악몽이고, 지금 너랑 여기서 이런 얘기를 하는 이 상황도 꿈이었으면 좋겠다.”

“…선배, 아까는 민규 선배한테 대체 왜 그랬어요?”

세은이 원망스럽다는 얼굴로 진호를 바라보며 묻고는, 두 손으로 얼굴을 감싸고 흐느꼈다.

“민규 걔는 개자식이야. 한번은 그러고 싶었어.”

“셋이 살아서 나가야 하는데… 대체 왜 그랬어요. 민규 선배는… 죽었겠죠?”

그 물음에 진호는 대답하지 않았다.

“선배. 우린 대체 뭘 잘못했기에 여기서 이런 일을 겪고 있는 거죠?”

“…”

“우리가 지금 이렇게 시달릴 만큼 큰 죄를 지은 게 있을까요?”

여전히 진호는 말이 없었다. 그렇게 한동안 두 사람의 숨소리만이 이어졌다.

세은의 두 손바닥 안에 작은 햄스터 한 마리가 꼬물거

리고 있었다.

어릴 때부터 동물에 관심이 많았던 세은은 늘 부모에게 애완동물이 갖고 싶다며 졸랐다. 하지만 그 관심은 동물을 아끼고 사랑하는 마음에서 비롯된 것은 아니었다.

가장 먼저 들인 동물은 햄스터였다. 세은은 햄스터를 마치 생명이 없는 장난감처럼 다뤘다. 공처럼 던지거나, 물에 빠뜨리거나, 얼굴 가까이 대고 소리를 마구 지르거나, 자기 키보다 더 높은 곳에서 떨어뜨리기도 했다. 결국 햄스터는 눈을 제대로 뜰 힘도 없을 만큼 점점 허약해지더니 이어지는 고문 끝에 숨을 거두었다. 세은은 사체를 지하 분리수거장에 부모 몰래 버린 후, 햄스터가 집을 나갔으니 이번에는 다른 동물을 사달라고 졸랐다. 이어서 금붕어, 병아리와 메추리, 이구아나를 들이고 죽여서 내보내며 지난번처럼 다양한 고문을 이어갔다. 무거운 것으로 짓누르거나, 냉장고에 넣거나, 독성 물질을 주입하는 등 어디까지 괴롭혀야 동물들의 숨이 기어이 끊어지는지에 대한 잔혹한 실험이 계속되었다. 초등학생 어린이가 하기에는 너무나도 끔찍한 짓이었다. 세은은 연약한 목숨이 제 손아귀 안에 있다는 기분이 들어 짜릿하기도 했다. 결국 세은이 중학교 입학 선물로 데려온 강아지의 목을 조르던 도중 부모에게 들켰고, 부모는 세은을 방에 가두고 학교에도 보내지 않았다. 세은이 방 안에 갇힌 동안, 들릴 리 없는 동물들의 울음소리가 한꺼번에 마구 들려왔다. 계속되는 소리에 세은은 고막이 터질 것 같고 정신도 이상해질 것 같았다. 그리고 자신의 손으로 죽인 동물들이 주위를 둘러싼 채 점점 가까이 다가오는 환각을 보곤 했다. 다시는 그러지 않겠다고, 제발 문을 열어달라고 부모에게 애원하고 울부짖기를 일주일 째, 부모는 결국 문을 열어주었다. 그 후 세은은 다시는 동물을 들이지도, 숨통을 끊지도, 괜스레 쳐다보지도 않았다.

반에서 가장 존재감이 없고 말수도 적으며 체구가 왜소한 아이가 있었다.

진호는 중학교에서 제가 속한 무리와 함께 그 아이를 괴롭혔다. 그 아이의 주위를 빙 둘러싼 채 욕설을 하고 침을 뱉거나 돈을 빼앗곤 했다. 그 아이가 잘못한 것은 없었다. 진호는 자신과 비슷한 친구들과 함께 그저 누군가를 표적 삼아 괴롭히는 것이 즐거웠다. 그 어떤 공격을 해도 무표정으로 일관하는 그 아이의 모습이 오히려 자신의 화를 살살 돋워서 분노와 쾌감을 동시에 불러일으키기도 했다. 어느 날엔 친구들에게 그 아이의 양팔을 꽉 잡게 하고서 반 학생들이 모두 보는 자리에서 바지를 벗기기도 했다. 결국 그날 밤, 그 아이는 아파트에서 뛰어내려 스스로 목숨을 끊었다. 진호는 아무런 잘못도 없는 척 그 아이의 장례식장에도 갔다. 그 아이가 유서를 남기지 않았기에 당시 진호가 받은 벌은 딱히 없었다. 그저 교무실에 불려가 한두 번 추궁을 받았을 뿐, 비난의 화살은 진호에게 돌아오지 않았다.

그런데 성인이 된 후로 종종 그 아이가 보였다. 길을 가다가도, 눈을 감고 있다가도, 잠을 자다가도 그 아이는 온몸이 일그러지고 피투성이가 되어 바닥에 들러붙은 채 여전히 무표정한 얼굴로 진호를 가만히 바라보고 있었다. 그 아이가 자주 보이고 나서야 진호는 죄책감이란 것을 느끼기 시작했다. 차라리 그때 벌을 달게 받았다면 이제 와서 눈앞에 그 아이가 보이는 일이 없지 않았을까 싶기도 했다. 한때 진호가 깔보며 괴롭히던 그 아이는 이제 자신에게 붙어서 떨어지지 않는 끈질긴 악귀가 됐다. 살아 있을 때는 자신이 그 아이에게 악귀나 악마였을 것이고, 자신 때문에 그의 학교생활이 지옥이었을 거라는 걸 뒤늦게 깨달았다. 그렇게 진호는 계속해서 자신이 과거에 저지른 행동이 다시 떠올랐고, 뒤따라오는 후회와 죄책감을 느꼈다. 이따금씩 예고 없이 자신의 눈앞에 나타나는 그 아이에게 무릎을 꿇고 손을 마구 비비며 빌어보아도 그 아이는 여전히 표정 없는 피투성이 얼굴로 진호를 뚫어지게 바라보고 있었다. 그리고 입을 천천히 벌리더니 거의 공기 소리밖에 들리지 않는, 잔뜩 쉰 목소리를 끄집어냈다.

"너도…"

"흐아악!"

고함을 지르며 상체를 벌떡 일으켰다. 눈앞에 익숙한 풍경이 보였다. 진호 자신의 방이었다. 진호는 얼떨떨한 상태로 창밖을 바라보았다. 따스한 햇살이 창문을 뚫고 침대 위로 비쳤다. 진호는 손을 햇살에 비춰보았다. 깨끗했다. 지독하게 생생하고 긴 악몽을 꾼 탓에 자신을 비추는 이 햇살이 너무나 오랜만인 것처럼 느껴져 감격스럽기까지 했다.

"으아… 다행이다, 진짜 다행이다…"

진호는 두 손으로 머리칼과 얼굴을 쓸어내리며 그동안의 악몽에 대한 기억이 점점 사라지고 있는 걸 느꼈다. 얼마 지나지 않아 꿈속에서 정확히 무슨 일들을 겪었는지 떠올리는 것도 힘들어졌다.

침대 옆 탁상 위에 있던 휴대폰 화면을 켰다. 아직 오전 8시도 되지 않은 시간이다.

"잠깐. 오늘이 무슨 요일이지? 출근 날인가?"

근무표를 보기 위해 달력 앱을 터치하려는 순간, 전화가 왔다. 세은이었다. 진호는 얼른 전화를 받았다.

"여보세요."

"선배."

"어, 세은아. 왜 전화했어?"

"선배, 우리가 뭘 그렇게 잘못했죠?"

"다짜고짜 그게 무슨 소리야?"

"우리 같은 사람 많을 거예요. 우리만 그런 게 아닐 거라고요."

　　"…대부분의 사람들이 누군가에게는 악마였을 거고, 죄인이지 않을까…"

　　진호는 자신도 모르게 그렇게 중얼거리고 있었다.

　　"선배, 일어나요. 빨리 일어나 봐요…"

　　"나 일어나서 이렇게 전화 받고 있잖아."

　　"아니, 눈 떠보라고요. 빨리!"

　　"눈을 뜨라고? 무슨 소리야, 그게?"

　　"누가 이쪽으로 오고 있는 것 같다고요! 얼른!"

　　순간, 누군가 뺨을 찰싹 때리는 충격에 눈이 떠졌다.

　　"…흐아악!"

　　눈앞에 어둠이 펼쳐졌고, 그 속에 세은의 모습이 희미하게 보였다.

　　"선배. 얼른 일어나요! 지금 빨리 도망 가야 돼요!"

　　세은이 진호의 몸을 흔들며 목소리를 낮추고 다급하게 말했다.

　　"뭐, 뭐야. 뭐가 꿈이야?"

　　"지금 누가 이쪽으로 오고 있어요. 소리 들려요?"

진호는 여전히 무엇이 꿈이고 현실인지 구분이 되지 않았지만 세은의 말대로 상체를 일으키고 귀를 기울였다. 그러자 누군가 무언가를 질질 끌며 이쪽으로 다가오는 소리가 들려왔다. 게걸스럽게 쩝쩝대는 소리도 들렸다. 순간, 꿈이고 뭐고 여기서 당장 도망쳐야 한다는 직감이 들었다. 진호는 세은의 손을 잡고 그곳에서 뛰쳐나왔다.

그리고 두 사람의 시야에 들어온 것은, 한 손에는 거의 고깃덩이가 된 시체의 다리를 잡고 또 한 손에는 절단된 사람의 다리를 게걸스럽게 먹으며 이쪽으로 걸어오고 있는 누군가였다. 지옥탐험보트에서 일하는 두 사람에겐 익숙한 형태였다. 어트랙션의 후반부에 있는, 몸집이 사람보다 두 배 크고 온몸이 새빨간 사신 모습의 마네킹이었다. 얼굴도 몸도 괴물처럼 우락부락하고 얼마 없는 머리카락이 위를 향해 마구 뻗어 있는 모양새였다. 그리고 놈이 끌고 오던 것은 재근의 시신이었다. 그걸 본 두 사람은 온몸이 얼어붙는 공포를 느꼈다. 먼저 정신을 차린 진호가 세은을 이끌고 재빨리 다른 곳으로 도망쳤다. 그러자 그놈도 쿵쿵 뛰며 쫓아오기 시작했다. 진호와 세은은 비명을 지르며 바위 위로 껑충껑충 뛰며 미친 듯이 달렸다.

한참을 도망친 끝에, 두 사람은 금방이라도 끊어질 듯 낡은 줄로 된 다리가 놓인 절벽 앞에 다다랐다. 원래대로라면 그 아래에 물이 흐르고 보트가 지나다녀야 할 곳이었지만, 이제는 수많은 사람이 뒤엉킨 채 울부짖고 있었다. 자세히 보니 그들은 살아 있는 사람들이 아니었다. 몸이 절단되거나, 찢겨 나가거나, 머리가 없거나, 몸이 없었다. 하지만 그 다리가 아니면 그들이 더 이상 피할 곳은 없었다. 그 광경을 속절없이 내려다보고 있던 두 사람 중 세은이 먼저 입을 열었다.

　　"이거… 건너야겠죠?"

　　"여기를 못 지나면 아까 그놈한테 붙잡히지 않을까? 건너도 놈들이 있는 건 마찬가지일 것 같긴 하지만…"

　　"다리가 무너져서 이 밑으로 떨어지기라도 하면 어떡해요?"

　　진호는 잠시 대꾸 없이, 뒤엉키며 울부짖는 몸들을 바라보다가 입을 열었다.

　　"자세히 봐봐. 다리 밑에 있는 것들은 사신이 아니야. 아무래도 붙잡혀서 당한 놈들 같아. 세은아, 일단 네가 나보다 훨씬 가벼우니까 먼저 다리를 건너. 너 한 명으로 다리가 끊어지진 않을 것 같거든. 그리고 혹시라도 재수 없이 다리가 끊어져서 저놈들 위로 떨어지면 어떻게든 헤치고 나가서 죽기 살기로 도망쳐. 쟤들한테서 공격성은 안 보여. 좀비처럼 그저 갈 곳을 잃고 뒤엉켜 있는 것 같다. 그리고 저거 보여?"

진호가 손가락으로 가리킨 곳에는 몸들이 유독 높이 겹쳐져 있었다.

"저기를 타고 올라가서 건너편으로 가. 혹시 떨어져도 길은 있을 거야. 나도 너 건너는 거 보고 얼른 따라갈게."

"…알겠어요. 선배도 바로 와야 돼요."

세은은 조심스럽게 다리를 건너기 시작했다. 양손으로는 손잡이 부분을 잡고, 다리를 벌벌 떨며 천천히 건너갔다. 그 밑으로 울부짖는 소리가 계속해서 들려왔지만 애써 앞만 보고 있었다. 그런데 갑자기 아래에서 귀에 익은 목소리가 들려왔다.

"세…은…"

소리를 따라 아래를 내려다보니, 다리의 벌어진 틈 사이로 피투성이가 된 소희의 얼굴이 보였다. 몸 한쪽이 없는 소희는 세은을 표정 없는 얼굴로 올려다보며 말했다.

"이 못된 년아…. 너도 당장 내려와…."

"꺄아아아악!"

세은은 눈을 질끈 감고 빠른 속도로 다리의 끝을 향해 뛰었다. 건너편에 거의 다다른 그때, 뒤에서 불길한 숨소리가 들려왔다. 잔뜩 성난 개가 으르렁거리는 소리와 비슷했다. 세은이 뒤를 돌아보자, 진호의 뒤로 빨간 사신 두 놈이 가까이 다가오고 있었다.

"어, 어떡해! 저기 뒤에! 뒤에!"

세은이 진호를 향해 소리 쳤지만 그들이 더 빨랐다. 사신들은 진호를 빠르게 낚아챘고, 한 놈은 진호의 목을, 한 놈은 다리를 부여잡았다. 그리고 세은에게 보란 듯이 진호를 위로 번쩍 들며, 소름 끼치는 웃음을 지어 보였다. 몸이 허공으로 떠오른 진호가 겁에 질린 비명을 내질렀다.

"아아아아악! 세은아!"

"선배!"

"세은아! 뛰어!"

세은과 진호의 날카로운 절규가 겹치고 메아리가 되어 그 안을 울렸다. 세은은 울부짖으며 다시 미친 듯이 달렸고, 진호의 비명은 점점 멀어졌다.

"얼른 숨어야 해…. 숨어야 해…. 어흐흑…?"

세은은 눈물을 흘리며 실성한 사람처럼 중얼거렸다. 뇌리에서 놈들에게 붙잡힌 진호의 마지막 모습이 떠나지 않았다. 돌을 넘고, 세트장 여기저기를 올라타 넘으며 계속해서 숨을 곳을 찾아다니는 동안에도 사방에서 절규와 신음 소리, 울부짖는 소리가 들려왔다.

조금 더 가자 파란색으로 빛나는 불빛과 세트장이 보였다. 세은은 그 빛에서 불길함을 느꼈지만 시선을 뗄 수 없었다. 그곳에는 온몸이 보라색인 사신 몇 놈이 서 있었고, 그 가운데에 누군가가 나무로 된 지렛대 같은 곳에 매달린 채 울부짖고 있었다. 자세히 보니 민규였다. 사신들에 의해 혀가 길게 뽑힌 채였다. 그들은 민규의 혀를 더 길게 잡아당기며 낄낄댔고, 그럴수록 민규는 더욱 처절하게 울부짖었다. 하지만 세은은 진호도 두고 도망쳐 나온 마당에 민규를 구해줄 겨를이 없었다. 극도로 공포에 질려 불과 몇 시간 전까지 민규에게 가졌던 호감도 떠올릴 새가 없었다. 세은은 계속해서 숨을 곳을 찾았지만 사방에는 지옥 그 자체가 펼쳐져 있었다.

조금 더 가자, 이번에는 빨갛게 빛나는 세트장이 보이

며 찢어지는 절규가 들려왔다. 불길하게도 익숙한 목소리였다. 언제 여기로 옮겨진 것인지, 물이 펄펄 끓는 커다란 가마솥 안에 누군가가 고통에 울부짖고 있었다. 몸이 빨갛게 익고, 이미 형태를 많이 잃은 상태였지만 여전히 찢어질 듯 비명을 내지르는 사람은 바로 진호였다. 그 주변에는 온몸이 어그러지고 피투성이인 존재들이 비틀거리며 진호를 내려다보고 있었다. 그들의 얼굴은 모두 복제를 한 듯 똑같았다. 충격적인 광경에 세은은 숨이 멎은 듯 움직임을 멈췄다.

잠시 얼어붙어 있던 세은은 숨을 헐떡이며 숨을 곳을 찾기 위해 다시 앞으로 나아갔다. 하지만 마땅한 곳이 보이지 않았다. 여전히 사방에서 비명과 신음이 들려왔고, 지옥은 세은의 주변에 계속해서 펼쳐졌다. 아무리 나아가고 나아가도 지옥은 계속되었다. 점점 제정신이 아니게 된 듯한 아득한 기분을 느낀 세은은 킬킬거리며 웃기 시작했다. 웃음소리를 내뱉으며 바위와 바위 사이를 건너가던 그 순간, 세은은 발을 헛디뎠다. 몸이 아래쪽으로 쑥 당겨지며 세은은 깊고 깊은 곳으로 추락했다. 지옥 여기저기에서 뿜어져 나오던 희미한 빛마저 점점 사라져 갔다.

이윽고, 세은의 몸은 철퍼덕 소리를 내며 어딘가에 반쯤 파묻혔다. 그곳은 희미한 빛 하나 보이지 않는, 어둠 속 그 자체였다. 떨어지면서 몸에 큰 충격이 온 탓에 온몸이 욱신거렸다. 곧이어 세은은 자신의 밑에 깔린, 물컹하고 질퍽한 촉감을 느꼈다. 그리고 숨을 쉴 수 없을 만큼 지독한 악취를 느꼈다. 수많은 달걀이나 고기가 오랫동안 부패한 듯한 냄새였다. 태어나 처음 맡아보는 참혹하고 아찔한 냄새에 세은은 구역질을 했다. 무엇보다 눈앞에 그 무엇도 보이지 않고 있다는 사실은 세은을 더 공포스럽게 만들었다. 깊이도 넓이도 가늠할 수 없이 사방에는 그저 어둠뿐이었다. 그리고 손에 닿는 것과 자신의 하반신과 닿아 있는 것들은 딱딱한 물체가 아닌, 끈적한 고깃덩이와, 크고 작은 뼈와, 머리카락이나 털 같은 것이었다. 심장이 빠르게 뛰며 가쁜 호흡이 터져 나오기 시작했다.

"하하하… 뭐야…. 이것들 다 뭐야…. 대체 여긴 어디야…."

그 칠흑 같은 어둠 속에서, 수를 도저히 가늠할 수 없는 고깃덩이 같은 것들이 지독한 악취를 내뿜고 있다는 사실과, 자신이 그 지옥에 완전히 고립되었다는 것을 파악한 세은은 이윽고 새된 비명을 힘껏 내지르기 시작했다.

다음 날, 출근 시간에 맞춰 도연이 지옥탐험보트에 도착했다. 도연은 제어실 옆 캐비닛에서 청소 도구를 꺼내 여기저기를 쓸었다. 바닥을 한참 쓸던 도연은 잠시 동작을 멈추고 어트랙션 안을 두리번거렸다. 그러고는 휴대폰으로 어딘가에 전화를 걸었다.

"…과장님, 저 지옥탐험보트 도연인데요. 오늘 여기 일하는 사람이 저 하나밖에 없나요?"

─뭐? 원래 몇 명이서 일했는데? 그 큰 데를 혼자 하는 게 말이 돼?

"지금 저 한 사람밖에 없는데…"

─그러게, 이상하다? 여기 직원 명단에 진짜 강도연 씨 혼자뿐이네. 당장 인원 보충해 달라고 해야겠다. 우선 오늘은 다른 어트랙션 애들 데리고 와서 메꿀 테니까 잠깐만 기다리고 있어.

얼마 후, 도연이 대걸레로 바닥을 밀고 있는데, 과장이 직원 세 명을 데리고 안으로 들어왔다.

"강도연 씨가 일단 오늘 이 사람들한테 멘트랑 작동법

좀 알려줘."

도연은 과장에게 고개를 꾸벅 숙인 다음, 감정 없는 로봇처럼 직원들에게 설명하기 시작했다.

도연이 제어실 안의 빨갛고 커다란 버튼을 누르자, 물살이 흘러가고 보트들이 작동을 시작하는 기계음이 울렸다. 영업 시간이 지난 지 얼마 되지 않아 어트랙션 안으로 사람들이 몰려왔다.

"지옥탐험보트, 지옥 저 밑바닥을 향해 출발합니다! 즐거운 관람 되세요."

정원을 가득 채운 보트가 레일을 따라 동굴 안으로 들어갔다. 맨 앞줄에는 여자와 남자, 그리고 그 사이에 어린 여자아이가 앉아 있었다.

그들의 눈앞에 알록달록하고 엉성하게 꾸며진 지옥이 펼쳐지기 시작했다. 칼날 숲 한가운데에 놓인 시체더미의 가장 위에는 거의 고깃덩이가 된 남자 시신의 모형이 놓여 있었다. 그리고 거대한 두 사신이 도끼를 들고 삐걱거리며 보트에 올라탄 사람들을 어설프게 위협하는 곳을 지나, 낡은 줄다리 밑에 엉켜 있는 수많은 신체 모형 속에 몸이 반토막 난 여자 시신의 모형, 지렛대에 매달린 채 혀가 길게 뽑히고 있는 남자 마네킹, 물이 부글부글 끓는 효과음이 들리는 곳의 거대한 가마솥 속에는 빨갛게 익은 채 울부짖는 남자 마네킹을 스쳐 갔다. 어트랙션은 이제 막바지에 다다랐다. 출구 근처에는 얼굴도, 옷도, 팔다리도 온통 검은 여자가 작별의 인사를 하는 듯 한 손을 들고 흔들어주었다. 두 팔로 가운데에 앉은 아이를 감싼 여자가 여전히 주위를 두리번거리며 말했다.

"어머, 여기 모형들이 뭐 이렇게 리얼해? 우리 세은이는 보면 안 되겠는데."

"여기 초등학생이 들어와도 되는 곳 맞아?"

남자가 인상을 쓰며 불쾌하다는 투로 말했다. 아이는 두 손으로 양쪽 귀를 막고 한참을 그렇게 있다가, 여자를 올려다보며 물었다.

"…엄마, 누가 막 고함치는 소리 안 들려?"

"이 안에서 나오는 소리겠지, 뭐. 나쁜 일 저지르고 부모님 말 잘 안 듣고 그러면 이렇게 지옥에 오는 거야. 그러니까 세은이 너도 엄마 아빠 말 잘 듣고 동물도 좀 그만 사 달라고 해. 알겠지?"

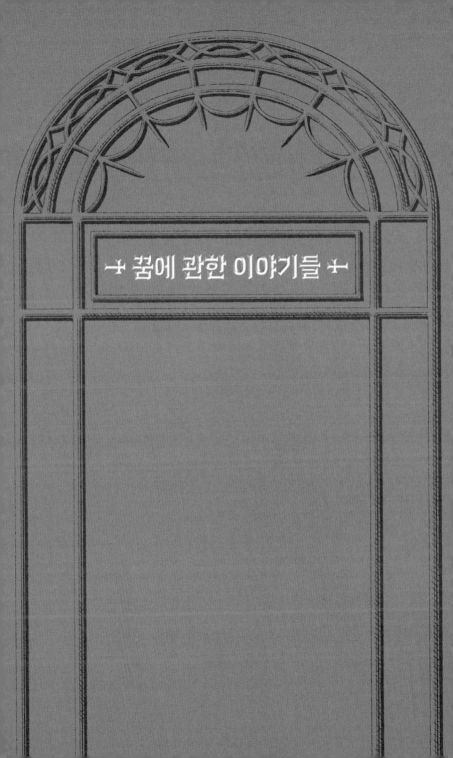

꿈에 관한 이야기들

((●))

꿈이나 가위눌림은 단순히 허상을 보는 것인지, 기억들이 뒤섞여 떠오르는 것인지, 아니면 또 다른 차원으로 넘어가서 평소에 볼 수 없었던 것을 보는 것인지 명확히 판단하기는 어렵습니다. 꿈은 수면 중에 뇌의 일부가 깨어 있는 상태에서 기억이나 정보가 무작위로 재생되는 것이라고도 하고, 가위눌림은 '수면 마비'라고 하여 수면 중 불안정한 각성이 일어나는 것이라는 정의도 있습니다. 우리가 꿈속에서 워낙 다양한 경험을 하는 만큼 길몽, 흉몽, 악몽, 잡몽, 태몽, 예지몽, 자각몽, 몽유병 등 다양한 꿈의 종류나 그와 관련된 증상이 있고, 가위눌림도 그중 하나라고 합니다. 꿈과 가위눌림에 대해서는 과학적 근거를 명확히 해석하기 어렵고, 아직 밝혀내지 못한 것들이 많은 신비로운 영역이어서 이와 관련된 기이한 경험을 한 사람들이 매우 많습니다. 꿈을 통해 미래와 과거를 보거나, 죽은 자를 만나기도 하고, 사후세계로 건너가기도 하고, 꿈속에서 본 장소를 실제로 가게 되기도 하고, 또 자신의 현재 심리 상태를 들여다보기도 합니다. 특히 가위에 눌릴 때 겪거나 보는 것은 꿈인지 현실인지 분간하기 어려울 만큼 생생합니다.

저는 기존에 꿈과 가위에 관한 호러소설을 여러 편 집필한 적이 있는데, 이번 소설집에서도 이와 관련한 이야기들을 쓰게 되었습니다. 이 이야기에서는 제가 기존에 발표하지 않았던 직접 꾼 꿈과 직접 경험한 가위눌림, 그리고 실제로 겪었던 기이한 경험에 관해서 얘기해 보려고 합니다.

저는 꿈을 꾸고 그 꿈이 어느 정도 강렬하다 싶으면 깨자마자 초록 창에 꿈의 내용에 대해 검색해 봅니다. 꿈이 의미하는 바나 그 안에 어떠한 메시지가 있을지 알아보면서 혹시라도 미래에 닥칠 일을 예상해 보고 싶어서입니다. 물론 백퍼센트 믿지는 않습니다. 그저 재미로 보는 거지요. 실제로 해몽이 들어맞은 기억도 딱히 없기도 하고요.

이 글을 쓰는 바로 오늘 아침에도 꿈을 꾸었습니다. 아찔할 만큼 아주 높은 출렁다리에서 떨어지는 꿈이었습니다. 출렁다리는 구름보다 더 높은 곳에 있어서 아래가 잘 내려다보이지 않을 정도였고 금방이라도 끊어질 듯 낡아서 위태로워 보였습니다. 앞서간 친구들은 이미 무사히 다리를 건너갔고, 제가 뒤따라서 한 발 한 발 조심스럽게 건너가고 있었습니다. 그런데 불안한 예감은 꿈속에서조차 틀리는 법이 없는지 출렁다리가 와르르 무너지기 시작했고, 저는 추락에 대한 공포로 온몸에 전율이 일고 소름이 돋았으며, 아득한 저 아래를 향해 하강하기 시작했는데 그 순간, 눈이 팍 떠졌습니다. 야광별이 몇 개 붙어 있는 제 방 천장이 보이자 얼마나 안심이 되었는지 모릅니다. 그러나 높은 곳에서 추락하던 순간의 끔찍한 느낌은 뇌리에 생생히 각인되고 말았어요. 꿈이어서 참 다행이라고 생각하며 저는 스마트폰을 켜 초록 창에 '높은 곳에서 떨어지는 꿈'을 검색해 보았습니다. 그러자 여러 글이 보였는데, 본인이나 가족에게 좋지 않은 일이 일어난다거나, 건강이 악화될 우려가 있음을 암시한다거나, 지위가 추락한다거나, 인간관계가 나빠진다거나, 현재 불안함을 강하게 느끼고 있음을 의미한다는 등등 한숨만 나올 부정적인 해석이 대부분이었습니다. 아무래도 이 꿈은 제 마음 상태를 말해주는 것 같았습니다. 안 그래도 곧 이사를 앞두고 있는데 짐 정리는 손도 대지 않았고, 올해 내야 할 책은 많은데 원고 마감이나 외주 마감 등 할 일이 산더미인 상태에서 친구들과 놀러 다니거나 잠을 실컷 자며 일을 미뤄두고 있었기 때문에 은연중에 제 불안한 마음과 죄책감이 꿈에서 발현된 것 같습니다. 꿈속에서 제가 스스로에게 벌을 준 것 같기도 하고요.

그러고 보니 이 꿈에 대해 쓰다가 떠올랐는데, 초등학생 시절의 저는 빨리 키가 크고 싶은 마음에 꿈속에서 일부러 높은 곳에 올라가서 떨어진 적도 있습니다. 높은 데서 떨어지는 꿈을 꾸면 키가 큰다는 이야기를 어디선가 주워들은 적이 있었기 때문입니다. 그때 저는 보름달이 빛나는 밤에 어느 주차장 건물 안에서 열심히 계단을 올라갔고, 옥상에 다다르자마자 망설일 틈도 없이 아래로 몸을 내던졌습니다. 그러고 보니 그때는 꿈을 꾸고 있다는 것을 자각하고, 제 맘대로 움직였던 거네요. 그때도 아래로 떨어지는 순간에 꿈에서 깼던 기억이 납니다. 그런데 꿈속에서 추락해 지면에 닿으면 과연 어떻게 될까 궁금하긴 하네요. 꿈속에서도 극한의 아픔을 느낄 수도 있으려나요? 그러다 숨이 끊어지면, 다시는 눈을 뜨지 못하는 건 아닐까요…? 아무튼 이미 키는 클 만큼 큰 것 같으니, 높은 곳에서 떨어지는 끔찍한 꿈은 다시는 꾸고 싶지 않습니다.

꿈에서 돼지나 대변이 나오면 좋은 꿈이라는 말이 있습니다. 저도 꿈속에서 변기가 넘쳐흘러 바닥이 온통 대변으로 가득 찬 광경을 본 적이 있습니다. 당시에는 굉장히 역하게 느껴졌지만 꿈에서 깨고 나서는 대박 꿈을 꿨다는 생각이 들어 조만간 좋은 일이 생기지 않을까 기대했습니다. 아마 그러다 시간이 지나 잊었는데, 돌이켜보면 딱히 크게 좋은 일은 없었던 것 같네요. 꿈은 그냥 꿈이었던 걸까요. 대변을 몸에 묻히면서 좋아할수록 더 대박 꿈이라는 말도 들었는데, 차마 꿈속에서도 그런 행동을 하기는 힘들었습니다.

사소하지만, 친한 친구들에 대한 예지몽을 꾼 적도 있습니다. 얼마 전, 자고 있는데 눈을 떠 보니 친구가 굉장히 어두운 얼굴을 하고서는 제 침대 위에 앉아 울고 있었습니다. 제가 왜 우냐고 묻자, 친구는 한동안 계속 훌쩍거리더니 대답 없이 방문을 열고 나가버렸습니다. 저도 뒤따라 나갔지만 친구의 모습은 보이지 않았습니다. 그러고는 이 번엔 현실에서 눈을 떠 꿈을 꿨다는 걸 알았고, 불길한 마음에 친구에게 연락해서 꿈에서 네가 울고 있었는데 혹시 무슨 일 있냐고 물었지만 친구는 별일 없으니 걱정 말라고 했습니다. 그런데 얼마 지나지 않아 그 친구로부터 결혼을 약속했던 사람과 파혼을 했고, 같은 시기에 어머니가 지병으로 입원하시게 되었다는 말을 들었습니다. 친구는 제가 연락했을 당시에는 마음이 너무 힘들어서 자세한 얘기를 할 수 없었지만 며칠 지나서 생각해 보니 굉장히 신기했다고 말했습니다. 다행히도 친구는 얼마 지나지 않아 마음이 많이 회복되었고, 새 사람을 잘 만나고 있으며 어머니도 무사히 퇴원하셨다고 합니다.

　또 한 번은, 다른 친구의 태몽을 꾼 적이 있습니다. 학교 선생님인 친구가 저희 집에 놀러와 임신 소식을 알려준 그날 밤, 꿈에 친구가 나왔습니다. 저는 꿈속에서 친구가 깜빡하고 두고 간 물건을 돌려주었습니다. 친구가 실제로 두고 간 것은 학교 수업 교재로 만들었던 작은 미술작품이지만 꿈에서 제가 돌려준 것은 자개가 박혀 귀한 느낌을

풍기는 갈색 함이었습니다. 자개함에는 흰 도자기 그릇들이 비단에 싸인 채 담겨 있었습니다. 저는 꿈에서 깨자마자 꿈 내용을 친구에게 들려주었고, 친구는 아무래도 네가 태몽을 꿔준 것 같다며 저에게 치킨 기프티콘을 선물로 주었습니다. 몇 개월 후 태어난 친구의 아들은 지금 아주 건강하게 잘 크고 있습니다. 그때 두고 간 미술 작품도 한동안 저희 집에 묵혀 있다가 주인에게 돌아갔고요.

마음이 허하고 외로움을 심하게 느낄 때는 이런 꿈을 꾸기도 했습니다. 그때, 꿈속에서 저는 어떤 남자와 연인 사이였습니다. 하루 종일 그와 여기저기를 함께 다니며 데이트를 한 후, 헤어질 시간이 되자 그는 저에게 집에 데려다달라고 말했습니다. 속으로 '날 데려다주지는 못할망정…'이라고 생각했지만 꿈속의 저는 그냥 그를 집까지 바래다주기로 했습니다. 그런데 결국 도착한 곳은 무덤이 모여 있는 묘지였습니다. 그는 자신의 사망 날짜가 새겨진 묘비가 있는 무덤으로 다가가더니, 저에게 "즐거웠어."라고 말하며 손을 흔들었습니다. 그리고 그의 모습은 연기처럼 스르르 사라지고 말았습니다. 꿈에서 깬 저는 허망하면서도 슬픈 마음이 들었습니다. 그러면서도 망자와 연애하는 꿈을 다 꾸다니, 지금 마음이 허하긴 한가 보다 싶어서 '죽은 사람과 연애하는 꿈'을 검색하자 '이별 수를 암시하는 흉몽'이라는 해몽이 나왔습니다. 불길함을 느끼긴 했지만 그때 역시 딱히 나쁜 일은 없었던 것 같습니다.

그러고 보니 제가 죽어서 영혼이 된 꿈도 꾼 적이 있습니다. 어떤 학자들은 꿈속에서는 죽을 수 없다고 하는데, 아무래도 예외의 경우가 있는가 봅니다. 꿈에서 제가 탄 비행기가 추락하며 폭발해 죽었거든요. 저는 제 몸이 보이지 않았지만 영혼으로 존재한다는 것을 느꼈습니다. 삶에 애착이 강한 편인 저는 도저히 제 죽음을 인정할 수 없었고 제일 먼저 부모님을 찾아가야겠다는 생각이 들었습니다. 이런 꿈을 꾸고 나니 왠지 구천을 떠도는 귀신의 심정을 알 것도 같았습니다. 억울하게 죽은 느낌을 직접 겪어보니, 미련이나 원한이 깊으면 숨이 끊어진 후에도 영혼은 남을 수도 있겠구나 싶더라고요. 아무튼 영혼만 남은 제가 결국 부모님께 잘 도착했는지는 기억이 나지 않습니다.

아, 신기한 게 있어요. 저는 꿈에서 깬 직후에 꿈속에서 보았던 장면과 기억이 사라져 갈 때, '솨아아' 하는 소리가 매번 들리는데 그것은 파도에 모래가 쓸려가는 소리와 굉장히 비슷합니다. 그 소리를 듣고 나서 사라진 기억들은 다시는 생각이 나지 않는 경우가 많습니다. 앞에서 이야기한 것처럼 강렬하고 충격적인 꿈은 오래오래 기억에 남기는 하지만요.

아마 이 글을 읽고 계시는 독자분들도 꿈에서 기이하고 무서운 일들을 겪으신 적이 더러 있을 겁니다. 앞에서 이야기한 제 꿈들은 그리 특별한 것이 아닐 수도 있고, 제가 생각해도 저 같은 평범한 사람이 꿈을 통해 미래를 보고 또 다른 차원을 본다는 것은 사실 말이 되지 않습니다. 우연이었거나, 어디서 주워듣거나 본 것들이 수면 중에 마구 뒤섞였을 수도 있겠지요.

그런데 얼마 전에 눌린 가위는 꽤 기이하긴 했습니다. 어쩌면 이조차 대수롭지 않은 경험담일 수 있지만 워낙 기억에 남는 경험이다 보니 이 지면을 빌려 한번 얘기해 볼게요.

2022년 가을, 저는 여행 에세이를 쓰기 위해 5주 정도 일본에 머무르다 돌아왔습니다. 제 MBTI는 ENFP인데요, 절대 집순이가 못 돼서 사람들을 만나야 에너지를 얻곤 합니다. 그래서 평소에도 친구나 지인들과 약속이 많은 편인데, 일본에 다녀온 직후에 특히나 약속이 많이 잡혔습니다. 오래 자리를 비운 것도 아닌데 귀국하자마자 다들 만나자고 해주니 고맙더라고요. 물론 제가 먼저 만나자고 한 약속도 많았고요. 그래서 귀국 직후에는 일주일 동안 약속이 열 개나 있기도 했는데, 그중 하루에만 세 번 약속을 지켜야 하는 날도 있었습니다. 사람들과 함께하는 건 분명 즐겁고 행복한 일이지만, 제 체력이 따라주질 못했습니다. 아무리 제가 밖순이라고 해도 가끔은 조용히 쉬면서 재충전하는 시간도 필요하더라고요. 그렇게 저는 결국 몸살이 나고 말았습니다.

마지막 약속을 마치고 돌아온 날 밤, 저는 대충 씻자마자 바로 침대에 몸을 뉘었습니다. 당시 저는 일주일의 반은 부모님이 계시는 본가에서, 나머지 반은 제 사무실에서 묵고 있었습니다. 그날은 본가에서 묵었는데, 얼른 처리해야 하는 일이 있었는데도 도저히 손에 잡히지 않았어요. 온몸에 통증을 느끼며 끙끙 앓다 저도 모르게 정신이 혼미해졌습니다. 그건 아마도 실신에 가까웠던 것 같습니다.

저는 뭔가 몸이 무거워진 느낌과 여러 사람들의 웅성

거리는 목소리에 잠에서 깼습니다. 시끄러운 만원 지하철 속에서 들리는 소리와 비슷했어요. 제가 눈을 뜨자 그 소리는 뚝 끊기듯 멈추어 괜스레 불길한 느낌이 들었습니다. 한밤중이라 빛 한 줌 없는 방 안은 어두웠습니다. 피곤해서 눈꺼풀이 굉장히 무거운 와중에도 평소와는 다른, 이질적이고 오싹한 느낌이 들었습니다. 저는 곧 제가 가위에 눌린 상태라는 걸 알아차렸습니다. 아주 오랜만의 가위였습니다. 당장이라도 누군가 방문을 열고 다가올 것만 같은 공포에 가위에서 깨기 위해 안간힘을 썼습니다. 손가락을 움직이거나 소리를 지르려고 했지만 체력이 바닥나니 가위에서 깰 힘도 없었어요. 결국 저는 가위에 눌린 채로 문을 열고 방에서 나왔습니다. 집 안 전체가 짙은 푸른색을 띄고 있었고, 고요했습니다. 이 세상의 우리 집이라는 느낌이 들지 않고 저세상의 우리 집 같은, 그런 이질적인 느낌이었습니다. 저는 거실 한가운데에 멍하니 서 있다가, 갑작스럽게 심한 허기를 느끼고 냉장고가 있는 다용도실 안으로 들어갔습니다. 그리고 냉장고 문을 열어 반찬이나 음식을 꺼내서 미친 듯이 먹었습니다. 하지만 아무리 먹어도 배가 채워지지 않았습니다.

한참을 먹다 말고 저는 다시 거실로 나갔습니다. 분명 여기는 우리 집이 맞는데도 왠지 갇혀 있는 느낌이었습니다. 여전히 가위에 눌린 상태여서 그랬던 거겠지요. 저는 갑갑하고 불길한 기분이 점점 더 심해져, 집 안을 마구 뛰어다니기 시작했습니다. 가위에서 깨어나기 위해 그런 행동을 했던 것 같은데, 보기 좋은 모습은 아니었겠네요. 어쨌든 그런 기행을 하면서도 저는 좀처럼 깨지 못했습니다. 그렇게 오랫동안 가위에 눌린 건 지금 돌이켜봐도 그때가 처음이었던 것 같습니다. 보통은 애를 쓰며 몸 일부를 움직인다던지, 무거운 눈꺼풀을 어떻게든 올려서 눈을 뜨면 금방 일어나고는 했는데 말입니다. 그렇게 저는 한참을 뛰어다니다, 아빠가 잠들어 있을 안방으로 향했습니다. 그날 엄마는 친정에 가셔서 집에 계시지 않았습니다. 안방 침대에는 아빠가 누워 있었는데, 형체가 뚜렷하지 않고 희미했습니다. 아빠의 얼굴도 흐릿해서 잘 보이지 않았습니다. 그때에도 느꼈습니다. 저는 지금 아빠와 다른 차원에 있다는 것을요.

저는 다시 안방에서 나와 집 안 여기저기를 뛰어다니고, 양팔을 흔들면서 탈춤 추듯 펄쩍 펄쩍 뛰며 춤도 췄습니다. 제가 춤추는 걸 좋아하긴 하는데, 주로 아이돌 댄스를 연습하고는 했었기에 왜 그런 괴상한 춤을 췄는지는 잘 모르겠습니다.

한참 춤을 추고 있는데 서서히 동이 텄습니다. 하늘이 점차 밝아지고 있었거든요. 저는 춤을 추다 말고 제가 자고 있던 방으로 황급히 달려갔습니다. 침대 위에는 모로 누워 잠들어 있는 제 모습이 내려다보였습니다. 저는 그 몸 위로 제 몸—굳이 따지자면 영혼이겠지요—을 힘껏 내던졌습니다.

순간, 온몸에 전율이 흐르는 동시에 눈이 확 떠졌습니다. 드디어 가위눌림에서 벗어나 제 몸은 평소와 다름없는 우리 집의 제 방 침대 위에 있었어요. 하늘은 서서히 밝고 있었습니다. 얼른 안방으로 가자 아빠는 여전히 잠들어 있었고, 아까와는 달리 아빠의 모습이 뚜렷하게 잘 보였습니다. 저는 혼자 잠들 수 없을 것 같아 아빠 옆에 누웠습니다. 그리고 다시 가위에 눌리지 않고, 푹 잠들었습니다.

날이 밝고 오후가 되어, 저는 친정에서 돌아온 엄마에게 오랜만에 가위에 눌렸다며 몸으로 재현해 보였습니다. 그러자 천주교 신자인 엄마는 성수를 가져와 기도문을 외우며 제 몸에 뿌려주었습니다.

그렇게 성수를 맞고 방으로 돌아온 저는, 잠시 침대 위에 멍하니 앉아 있었습니다. 잊고 싶은 기억이 되살아나고 말았기 때문입니다. 십여 년 전, 이렇게 성수를 맞은 적이 또 있었습니다.

제가 고등학생 때 일입니다. 저희 학교는 건물 1층에 있는 급식실을, 방과 후에는 독서실로 사용할 수 있도록 개방했었습니다. 급식실에서 어떻게 공부를 하나 싶으시겠지만, 이곳은 주말에도 자율로 이용할 수 있어서 꽤 수요가 있었습니다. 그날은 아마 평일이 아닌 주말이었던 것 같습니다. 독서실에 가려던 건지, 어떤 물건을 가지러 학교에 왔다가 독서실에도 갔던 건지 정확히 기억나진 않습니다. 그저 비가 추적추적 내리는 날씨였던 것은 분명합니다. 1층의 급식실 겸 독서실의 무거운 쇠문을 당겨보니, 열려 있기에 사람이 있나 했는데 불도 꺼져 있고 어두운 내부에는 아무도 없었습니다. 무슨 객기였는지, 저는 그 안에서 자리를 잡고 공부를 하기로 했습니다. 이 넓은 공간을 혼자 독차지할 수 있어서 기회라고 생각했던 걸까요.

저는 제 자리 앞에 있는 스탠드만 켠 채 그 어둡고 넓은 곳에서 교재를 펼치고 공부를 시작했습니다. 밖에서는 계속해서 비 내리는 소리가 들려왔습니다. 그리고 그다지 긴 시간이 지나지 않았을 때, 아주 가까이에서 목소리가 들려왔습니다.

정확히 어떤 말을 들었는지는 기억이 잘 나지 않습니다. 그러나 다른 이의 목소리를 들었다는 것만은 또렷이 기억합니다. 성별이 구분되지 않았으나, 연륜이 느껴지는 목소리였습니다. 그리고 저를 괴롭히고 싶어 한다는 것도 느껴졌습니다. 이윽고 제 목이 틱 증상처럼 제 멋대로 꺾이기 시작했습니다. 조금씩 좌우를 왔다 갔다 하며 꺾이던 목은, 점점 그 강도가 세졌습니다. 어느새, 목 근육에 통증이 느껴질 정도로 제 목이 좌우로 세차게 꺾이고 있었습니다. 그리고 이어서 양쪽 어깨도 움찔거리더니 목과 마찬가지로 점점 심하게, 위아래로 세게 움직였습니다. 당황해서 어찌 할 바를 모르고 허둥대며 자리에서 일어나자 제 몸 전체가 빙글빙글 돌아가기 시작했습니다. 머리, 목과 어깨, 허리가 각각 웨이브를 추듯 돌아가고, 그에 따라 다리도 움직이고…! 누가 봤다면 아주 괴상한 춤을 추고 있는 것처럼 보였겠어요. 그리고 양쪽 귀에서 고막을 찢는 듯한 웃음소리가 들려왔습니다. 엄청난 공포를 느낀 저는 터져 나오는 울음을 삼키지 못하고 얼른 문을 열고 밖으로 뛰쳐나왔습니다. 그때도 여전히 제 몸은 빙글빙글 돌아가고 있었습니다. 저는 그때 가장 친했던 친구에게 전화를 걸었습니다. 전화를 받은 친구는 울고 있는 제 목소리를 듣고 무슨 일이냐고 물었습니다. 저는 친구에게 몸이 멋대로 움직이는데 멈출 수가 없다고, 어떻게 하냐며 울먹였습니다. 그리고 영상통화로 전환해서 계속 멋대로 움직이는 제 몸을 보여주었습니다. 그걸 본 친구는 장난치지 말라고 헛웃음을 쳤습니다. 친구에게 장난이 아니라고, 너무 무서운데 어떻게 해야 할지 모르겠다며 더 서럽게 울자 친구는 얼른 부모님을 부르라고 했습니다. 여전히 못 믿는 눈치인 것 같았지만요.

결국 저는 엄마에게 전화를 걸어 얼른 학교에 데리러 와달라고 말했습니다. 엄마가 괜히 걱정할까 싶어 울음을 억지로 뚝 그치고 통화했던 것으로 기억합니다. 차를 몰고 온 엄마에게 애써 태연한 척 연기하며, 몸이 멋대로 움직이고 있다는 사실을 알렸습니다. 엄마를 만나 차에 타서도 여전히 목과 어깨가 움찔거렸기 때문입니다. 그때 엄마의 반응 역시 기억이 잘 나지 않습니다. 집에 돌아가서, 엄마는 저를 소파에 눕히고 계속해서 제 머리와 몸 위로 성수를 뿌려주고 기도문을 외웠습니다. 저는 서서히 잠들었고, 잠에서 깨고 나니 몸은 더 이상 제 멋대로 움직이지 않았습니다. 그리고 다시는 그런 일이 일어나지 않았습니다. 지금도 아주 가끔 저도 모르게 목이나 머리가 움찔거릴 때가 있긴 하지만 그때처럼 오랫동안, 격하게 움직이는 일은 없습니다.

그때부터 저는 어두운 곳에는 되도록 혼자 있지 않기로 했습니다. 엄마는 그때 제가 악령이나 귀신에 들린 줄 알고 너무 무서웠다고, 그때 일은 떠올리기도 싫다고 했습니다. 당시의 엄마는 태연해 보였는데, 속으로는 엄청 무섭긴 했나 봅니다. 마찬가지로 저도 그때 일을 잊으려고 했습니다. 그런데, 도저히, 아무리 생각해도 말도 안 되는 일이긴 해도, 그 일을 실제로 겪었다는 건 부정할 수가 없습니다. 저는 어두운 독서실과 복도에서 결코 제 의지대로 움직이거나 춤을 춘 것이 아닙니다. 분명히 '누군가' 혹은 '무엇'에 의해 움직였던 것입니다. 잊고 싶은 기억이지만

이렇게 글로 남겨버렸으니 이제는 정말로 잊을 수가 없게 되었네요. 아아….

쓰다 보니 대학생 때 일본에서 겪었던 기이한 경험도 떠오르네요.

2014년 가을, 저는 일본 도쿄에 교환학생으로 유학을 갔습니다. 설레는 마음으로 생활한 지 사흘이 지났을 무렵, 기숙사 방에서 잠을 자던 중 갑자기 침대가 요란하게 흔들려서 잠에서 깼습니다. 기숙사는 1인실이어서 저 혼자만 생활하는 방이었습니다. 지진인가 싶어 놀란 가슴을 안고 두리번거리는데, 방문 쪽을 보니 빨간 기모노를 입은 작은 여자아이가 무표정을 하고 선 채로 문을 열었다 닫았다 하는 기이한 행동을 반복하고 있었습니다. 침대는 계속 흔들렸고, 어린 소녀의 모습과 어울리지 않는 노파의 노여움에 가득 찬 목소리가 방 안에 쩌렁쩌렁 울렸습니다. 주문을 외는 것 같기도 했는데 "카에레, 삿사또 카에레 (帰れ、さっさと帰れ)."라고 했어요. 그 뜻은 '돌아가라, 얼른 돌아가라'였습니다. 저는 무서운 것보다도 굉장히 불쾌하고 서운했습니다. 아니, 설레는 마음으로 이제 막 유학 생

활을 시작하려고 하는데 왜 오자마자 돌아가라고 하는 건지, 비행기 값 내줄 건가 싶은 생각에 "내가 왜 가! 난 여기서 엄청 잘 지낼 거야!" 하고 힘껏 외쳤습니다. 시간이 조금 지나자 침대의 흔들림과 노파의 목소리는 잦아들었고, 여자아이도 보이지 않았습니다. 그리고 어느 순간 눈이 팍 떠졌습니다. 방 안은 고요했고, 휴대폰을 켜고 지진이 있었는지 뉴스를 찾아보았지만 지진 소식은 전혀 없었습니다. 침대가 흔들리는 느낌이 굉장히 생생했는데도 말입니다. 그 여자아이가 방문을 열었다 닫았다 했던 것도 저더러 얼른 나가라는 뜻이었던 것 같은데, 텁텁했던 방 안 공기를 환기시켜 줘서 고마웠다고 전하고 싶네요. 일본에서 가위눌림을 겪어보니, 귀신이 일본어로 말하는 것도 신기했습니다. 어쩌면 당연한 것이겠지요. 그 후, 일본에서 보낸 1년간의 유학 생활에서 저는 인생에서 가장 행복하고 즐거운 추억을 가득 안고 돌아왔습니다. 또, 그 경험을 계기로 일본 유학 에세이를 첫 책으로 내면서 작가의 길을 걷게 되었습니다. 역시 그 귀신들은 아무런 힘도 없는 잡귀였거나, 그저 개꿈이었던 모양입니다.

가위눌림은 대체 무엇일까요. 몸은 잠들었는데 정신은 깨어 있는 수면마비 상태라고는 하지만 가위에 눌린 동안에는 또 다른 차원의 세계로 와 있는 듯한, 아주 기묘한 기분이 들곤 합니다. 저는 10대 때부터 지금까지 여러 번 가위에 눌리면서 기이한 경험을 많이 했습니다. 만삭의 처녀 귀신, 몸체가 알록달록하면서도 투명한 귀신, 얼굴이 빙글빙글 돌아가는 귀신, 집 이곳저곳의 서랍을 뒤지던 귀신, 흐느끼면서 내 방 피아노를 치던 귀신, 우리 아빠인 척하던 귀신 등등 여러 귀신을 봤고—정말 그것들이 귀신인지 허상인지는 모르겠습니다— 가위에 눌렸을 때에는 내가 내 몸을 떠난 것 같은 경험과 스스로 유령이 된 것 같은 경험도 했습니다. 그러고 보니 학창시절에는 제 방 천장에 붙은 채 잠들어 있는 제 모습을 내려다본 적도 한두 번 있긴 하네요. 그건 꿈이었을까요, 아니면 정말로 유체이탈이라도 했던 걸까요. 그렇지만 저에게는 영능력이 없습니다. 꿈속이 아닌 현실에서 귀신을 본 적도 없고, 실은 귀신의 존재를 믿지도 않습니다. 하지만 가위에 눌리고 있을 때만큼은 확실히 귀신을 봤습니다. 그리고 고등학생 때 독서실에서 분명히 누군가의 목소리를 들었고, 제 의지와는 다르게 몸이 마구 움직이는 기이한 경험을 했습니다. 그래도 저는 그 존재들이 제 상상이자, 허상이자, 그저 꿈속의 존재들이라고 생각하려 합니다. 제 몸이 멋대로 움직인 것도 수험 스트레스 때문에 그런 것이었다고 생각합니다. 빙의 따위가 아니었다고 믿습니다. 실은, 그렇게 믿고 싶습니다.

되도록 이런 오싹하고 기이한 경험은 또 겪고 싶지는 않지만 언젠가 다시 가위에 눌려서 헛것을 보고 느낀다거나 더욱 기이한 경험을 하게 된다면 저는 또 이렇게 글로 여러분에게 전해 보겠습니다.

작가의 말

전작 《기요틴》과 《카데바》에 이어 세 번째 기담집을 드디어 발표하게 되었습니다. 2021년에 출간했던 《카데바》의 '작가의 말'에서 늦어도 2023년에 다음 작품을 선보이겠다고 했는데, 그 약속을 지킬 수 있어 다행입니다. 《신체 조각 미술관》 이전의 발표작들은 거의 혼자 글을 쓰고, 직접 책을 편집하고 디자인했지만 이번에 처음으로 큰 출판사와 함께 단독 작품을 출간해 봅니다. 집필하는 과정이 즐겁기도, 고되기도 했고 또 출판사와 함께 책을 만들며 소설과 출판에 대해 아주 많은 공부가 되었습니다.

이번 소설집에도 제 경험이나 취향을 적지 않게 녹여냈습니다.
저는 10대 시절 내내 미술을 공부했고, 대학 전공으로 조각을 선택했습니다. 어릴 때부터 인형과 피규어를 매우 좋아했기에 자연스럽게 입체 미술에 흥미가 갔습니다. 한때 조각가가 꿈이었지만 입시 미술을 너무 오래 한 탓이었는지 미술 작업에 점점 권태를 느꼈습니다. 그리고 대학교 재학 도중에 글을 쓰고 책을 만드는 사람이 되기로 마음먹으면서 미술가의 길을 가지 않게 되었습니다. 그래도 여전히 조각에 대한 관심은 식지 않았기에 그 미련을 이번 책에서 풀게 된 것 같습니다.

제가 유독 바다를 좋아해서인지 바다를 배경으로 한 이야기도 세 편 나왔습니다. 저는 1년에 두 번은 꼭 월미도에 가서 여유를 즐기고 돌아옵니다. 여행을 떠날 때에도 되도록 바다가 보이는 곳으로 갑니다. 그만큼 바다를 사랑하며 바다에서 즐거움과 안식을 느끼지만, 때로는 급작스럽게 돌변해 사람들의 목숨을 앗아가는 바다가 두렵게 느껴질 때도 있습니다. 그런 바다의 두 얼굴을 그려낸 이야기도 써보고 싶었습니다.

기묘한 꿈이나 가위눌렸던 기억을 그러모아 한 편을 쓰기도 했고, 그리스신화 중에서 가장 좋아하는 '이아손과 메데이아' 이야기를 현대판으로 각색해 보기도 했고, 놀이공원에서 잠깐 아르바이트를 했던 경험을 되살려 보기도 했습니다.

이렇게 준비한 여덟 편의 이야기 중 어떤 이야기가 당신에게 가장 흥미롭고 의미 있게 다가갔을지, 글쓴이로서 궁금하기도 합니다. 삶과 죽음, 영혼, 사후세계, 지옥 등 다소 어둡고 심오한 주제를 다룬 이야기들이지만 부디 재미있고 실망스럽지 않게 읽혔다면 좋겠습니다.

사실 스스로 '죽음'에 관심이 많다고는 전혀 생각하지 못했는데, 쓰고 보니 거의 모든 에피소드에 '죽음'이 소재로 들어가 있었습니다. 이를 깨닫고 돌이켜 보니 저는 역시 '죽음'이 가장 두렵습니다. 가까운 사람들이 세상을 떠나는 것도, 제 삶이 끝나는 것도 너무나도 무섭습니다. 태어나면 언젠가 반드시 죽는다는 것은 아주 당연한 이치인데 왜 이렇게 피하고 싶고 또 모르고 싶을까요. 그렇게 무서우면서 또 쓰는 이야기마다 죽음이 빠지지 않는 것도 아이러니하긴 합니다.

〈신체 조각 미술관〉의 관람객, 〈블루홀〉의 신혼부부, 〈푸른 인어〉의 젊은 어부, 〈어떤 부부〉의 부부와 아이들, 〈바닷가〉의 두 여자, 〈꿈에 관한 이야기들〉의 화자, 〈한밤중의 어트랙션〉의 다섯 사람, 〈내리사랑〉의 딸과 엄마…. 어쩌면 여덟 편의 에피소드에 등장한 인물들도 더 바디 갤러리에서 새로운 조각 작품이 되어 있을지 모릅니다. 작품이 되어 새 생명을 얻은 그들의 모습은 독자의 상상에 맡기겠습니다.

출간을 제안해 주시고 또 하나부터 열까지 정말 많은 도움과 지도를 주신 편집자님에게 제일 먼저 감사의 말씀을 전하고 싶습니다. 편집자님 덕분에 이번 작업을 잘 시작해서 또 잘 마칠 수 있었습니다.

너무나도 제 취향에 꼭 맞는 표지 일러스트를 그려주신 로와 작가님에게도 감사드립니다.

그리고 지금 이 글을 읽고 계시는 독자들에게도 이 책을 선택해 주시고 마지막 페이지까지 함께 와주셔서 감사하다는 말씀을 드립니다.

저는 앞으로도 꾸준히 다양한 글과 책을 만들어나가겠습니다. 독자와 저를 위해 부지런하게 살려 합니다. 끝이 보이지 않는 이 기나긴 길을 부디 저와 걸어주세요. 함께 걷는 동안 지루하지 않도록 오싹하고 재미있는 이야기를 많이 들려드리겠습니다.

이어지는 장마에서 곧 따사롭게 내리쬘 해를 기다리며,

이스안 드림

신체 조각 미술관

2023년 8월 23일 초판 1쇄 발행

지은이 이스안
펴낸이 박시형, 최세현

책임편집 김혜정 **디자인** 정아연
마케팅 권금숙, 양근모, 양봉호, 이주형 **온라인홍보팀** 신하은, 현나래
디지털콘텐츠 김명래, 최은정, 김혜정 **해외기획** 우정민, 배혜림
경영지원 홍성택, 김현우, 강신우 **제작** 이진영
펴낸곳 팩토리나인 **출판신고** 2006년 9월 25일 제406-2006-000210호
주소 서울시 마포구 월드컵북로 396 누리꿈스퀘어 비즈니스타워 18층
전화 02-6712-9800 **팩스** 02-6712-9810 **이메일** info@smpk.kr

쌤앤파커스(Sam&Parkers)는 독자 여러분의 책에 관한 아이디어와 원고 투고를 설레는 마음으로 기
다리고 있습니다. 책으로 엮기를 원하는 아이디어가 있으신 분은 이메일 book@smpk.kr로 간단한
개요와 취지, 연락처 등을 보내주세요. 머뭇거리지 말고 문을 두드리세요. 길이 열립니다.